UM ROMANCE DE GERAÇÃO

A marca FSC é a garantia de que a madeira utilizada na fabricação do papel deste livro provém de florestas de origem controlada e que foram gerenciadas de maneira ambientalmente correta, socialmente justa e economicamente viável.

SÉRGIO SANT'ANNA

Um romance de geração

Teatro-ficção

Copyright © 2009 by Sérgio Sant'Anna
1ª edição 1980, Editora Civilização Brasileira, Rio de Janeiro

Grafia atualizada segundo o Acordo Ortográfico da Língua Portuguesa de 1990, que entrou em vigor no Brasil em 2009.

Capa
Elisa v. Random

Foto de capa
@Raymond Depardon/ Magnum Photos/ LatinStock

Preparação
Maria Cecília Caropreso

Revisão
Valquíria Della Pozza
Arlete Zebber

Dados Internacionais de Catalogação na Publicação (CIP)
(Câmara Brasileira do Livro, SP, Brasil)

Sant'Anna, Sérgio
　　Um romance de geração : teatro-ficção / Sérgio Sant'Anna.
— São Paulo : Companhia das Letras, 2009.

ISBN 978-85-359-1453-5

　　1. Romance brasileiro I. Título

09-03749　　　　　　　　　　　　　　　　　　CDD-869.93

Índice para catálogo sistemático:
1. Romances : Literatura brasileira 869.93

[2009]
Todos os direitos desta edição reservados à
EDITORA SCHWARCZ LTDA.
Rua Bandeira Paulista 702 cj. 32
04532-002 — São Paulo — SP
Telefone (11) 3707-3500
Fax (11) 3707-3501
www.companhiadasletras.com.br

PERSONAGENS:

Ele (O escritor)
Ela (A jornalista)

CENÁRIO: *Apartamento de quarto e sala, pequenos e conjugados, as portas do banheiro e cozinha também visíveis no corredor junto à entrada. Dentro do apartamento, a maior desordem: cama desarrumada, roupas e sapatos pelo chão, onde também se veem garrafas, copos, jornais, cinzeiros cheios etc. Perto de uma das paredes há várias almofadas e, mais ao centro, uma mesa com máquina de escrever e uma lâmpada de foco dirigido. Mas a maior parte do espaço é ocupada por uma estante cheia de livros.*

O homem, aparentando uns trinta e cinco anos, está sentado numa velha poltrona, com um copo de bebida numa das mãos e a Revista do Jockey *na outra. Sobre o braço da poltrona, um cinzeiro com um cigarro aceso, que de vez em quando o homem pega para fumar. Durante toda a peça, tanto o homem quanto a mulher fumarão nervosamente, em momentos que poderão ficar espontaneamente a critério dos atores.*

A aparência do homem é desleixada, com a barba por fazer e usando camiseta, jeans, sandálias. No chão, ao lado da poltrona, está um rádio que transmite os preparativos para a largada de um páreo no Hipódromo da Gávea. O homem está atento ao rádio, quando a campainha toca. Ele deixa o copo e a revista no chão e, pegando o rádio e levando-o junto ao ouvido (o páreo está sendo realizado), vai atender à porta.

É uma mulher de uns trinta anos, vestida esportivamente, mas com cuidado: calça comprida, blusa, colar, uma bolsa de artesanato de bom acabamento, o rosto discretamente pintado etc.

Cara a cara, eles hesitam entre o gesto de apenas se apertarem as mãos — pois nunca se encontraram — ou beijarem-se no rosto. Quando ela estende a mão para ele, ele já se aproximara do rosto dela para beijá-lo. Ele então recua o rosto e estende-lhe, por sua vez, a mão. Mas ela já retirara a sua, aproximando o rosto para também beijá-lo.

Eles riem, aflitos e desajeitados, mas percebe-se que isso serviu para quebrar o formalismo do encontro. O que explicará a descontração, embora um pouco forçada, de ambos, logo a seguir. Desistindo de beijarem-se ou se darem as mãos, eles apenas levantam a palma da mão direita como cumprimento e dizem: "Oi".

ELE: (*agora quase distraidamente, porque se concentra na narração do páreo*) — Então é você?

ELA: (*rindo*) — Eu sou eu, é claro.

ELE: — É você a figura do telefone, quero dizer. Sempre que vou encontrar uma pessoa que eu não conheço — principalmente mulher — fico imaginando como é que ela é. E o engraçado é que a gente nunca acerta... Em cima do disco, porra!

ELA: — Não acerta em cima do quê?

ELE: — Era minha dupla exata, porra. Mataram ela em cima do disco. Era nisso que eu prestava atenção quando você entrou. (*Ele, desligando o rádio, olha e percebe que ela ainda está na soleira da porta.*) Ou melhor, quando você ia entrar. (*Ele dá passagem para ela entrar e fecha a porta.*) O que a gente nunca acerta é o jeito da pessoa. O jeito que a gente imaginava pelo telefone. Nos cavalos às vezes a gente acerta.

ELA: (*com um gesto "coquette", rindo, se mostrando*) — E que tal?

ELE: — É um vício como qualquer outro. Pode preencher a vida de um cara. Tem corrida no sábado, domingo, segunda e quinta. Nos outros três dias a gente estuda o programa. E há um universo inteiro dentro do hipódromo. Um dia, se você topar...

ELA: (*já no meio da sala, de pé diante dele e interrompendo-o com um ar de desafio, fazendo pose*) — Que tal eu? Era isso que eu perguntei. Ficou decepcionado? Eu não sou como você imaginava?

ELE: (*confuso*) — Não. Quer dizer, sim. Você é legal. Mas não é isso. É que se eu imaginasse você loura, bonita, de óculos, você nunca seria assim.

ELA: (*segura de si, porque sabe que não é feia*) — Ah, você me acha feia, então?

ELE: (*sem jeito*) — Não é isso. Quer dizer, você é bonita, porém mais magra do que eu pensei, uns detalhes assim. Fico imaginando esses caras que se casam por correspondência. Podem até mandar fotografia. Mas uma coisa é ver a pessoa de perto, "sentir" a pessoa...

No final da frase o tom dele é levemente ambíguo, como uma pequena introdução para uma cantada posterior. Ela, procurando desconversar, examina o apartamento.

ELA: — Pô, que zona, hein?

ELE: (*tirando umas coisas de cima das almofadas, para ela sentar*) — A vantagem desses apartamentos é que a gente nem precisa mostrar para as visitas. Eles já estão inteiramente à mostra. (*Apontando, e num tom ambíguo outra vez.*) Minha cama é logo ali. (*E acrescentando rápido, para disfarçar.*) Quer beber alguma coisa?

ELA: (*já sentada nas almofadas, mas agora não muito à vontade*) — O que que você tá tomando?

ELE: — Vodca com gelo, quer?

ELA: — Só um pouquinho. Se não, atrapalha. (*E rindo.*) Afinal eu estou aqui para trabalhar.

Ele deixa o rádio já desligado em cima da mesa e entra na cozinha. Ouve-se o barulho do gelo sendo retirado, enquanto ela se levanta e chega até a estante, examinando os livros. Ele começa a falar lá de dentro, bem alto para que ela o escute.

ELE: — Tem um amigo meu que mora num apartamento igual a este. É até aqui no Leme. Só que ele é casado. O amigo, quer dizer. E não o Leme. Quando ele — o amigo — está de saco cheio da mulher ou ela dele, a única coisa que os dois podem fazer é ficar de costas um para o outro. Às vezes ficam um tempão assim de costas.

Ele sai da cozinha trazendo um balde de gelo. Vai até uma pequena estante de tijolos, improvisada como bar, e prepara duas doses até a borda do copo. E continua a falar no mesmo tom gritado, com uma empostação teatral, como se ainda estivesse longe dela.

ELE: (*entregando um copo para ela**) — Tem um outro ami-

---

* Como durante toda a peça os personagens vão continuar bebendo, os atores, quando não houver marcação expressa, poderão agir espontaneamente nesse sentido, improvisar.

go meu lá de Minas que é teatrólogo. Falou que vai escrever uma peça sobre eles, o casal aqui do Leme. *Ele se vira de costas para arrumar qualquer coisa sobre a mesa.*

ELE: — E vai haver um monte de diálogos assim, um de costas para o outro.

Ele se volta outra vez para ela, que permanece junto à estante, agora com um livro nas mãos (um livro onde se veja a palavra "Teatro"), mas sempre olhando para o homem.

ELE: (*sempre falando alto e empostado*) — Ou então um deles se tranca no banheiro. Vai haver também uns diálogos assim, com uma porta entre os dois. A simbologia é evidente. A comunicação com um obstáculo no meio: a porta, a parede. Apesar da extrema proximidade física (*ele se aproxima dela, ainda falando alto*) que se tem num apartamento desses. Ou melhor: a proximidade física é inversamente proporcional à comunicação. É uma espécie de teorema. Você já reparou como a gente se entende bem com as pessoas por carta? Quer dizer, há a distância, o papel, as palavras que se escolhem com mais cuidado. Esse amigo meu até escreve umas matérias lá no banheiro. O cara é coleguinha seu, é jornalista... E ela também.

ELA: (*também quase gritando, adequando-se ao tom dele*) — Como é que ela chama?

ELE: (*no mesmo tom*) — Sandra, por quê? Você não deve conhecer.

ELA: (*ainda gritando*) — Você não falou que ela também é jornalista? Então é possível que eu conheça.

ELE: (*impaciente, mas falando agora mais baixo, num tom*

de raiva controlada, revelando sintomas de neurastenia) — Não foi isso. Eu não falei que ela também é jornalista. Eu só falei que ela "também". Ela "também" se tranca no banheiro. E por que você tá gritando? Calma, porra, ninguém aqui é surdo. Tá nervosa por quê?

ELA: (*ficando mesmo nervosa e gritando, como se eles já fossem um casal antigo, numa relação deteriorada*) — Eu não estou nervosa. Foi você quem começou. Você saiu da cozinha gritando como um desesperado. Então eu gritei também. Achei que aqui era assim. Todo mundo gritando como no teatro. E olha o tamanho dessa dose. Está transbordando do copo. Se tá pensando que vai me botar bêbada pra me comer mais fácil, está enganado. Eu vim aqui fazer uma entrevista. Vim trabalhar. Quer saber duma coisa, vou jogar metade desse negócio na privada.

Ela entra no banheiro com o copo na mão, depois de deixar o livro em qualquer parte. E bate a porta com estrondo. Logo depois, ouve-se o ruído da tranca.

ELE: (*sem dirigir-se especificamente a ninguém*) — Paranoica. Elas têm uma atração por mim... Sou como um ímã, toda mulher que entra na minha vida é paranoica. Eu só gritei porque estava na cozinha. E no teatro todo mundo fala assim, meio gritando. Se a gente falar assim (*ele fala agora quase inaudivelmente*): "Só porque eu servi uma dose dupla pra ela e estava contando um caso, ela veio com esse negócio de comer". Se a gente falar assim, ninguém entende.

Inadvertidamente, ele pega o livro que ela largara e começa a falar bem alto outra vez.

ELE: — No teatro tem de ser assim: "Paranoica. Quem falou

em comer foi ela. É o subconsciente. No fundo elas querem é dar". (*Um tom sacana, ambíguo*). Mas a gente tem de ter paciência, agir estrategicamente. Com avanços e recuos, mas sempre com o objetivo final dentro de nós.

Ele chega junto à porta do banheiro e começa a falar com a boca encostada na fresta.

ELE: — Vamos voltar ao princípio. Quando você me interrompeu, eu estava dizendo que a mulher do meu amigo se tranca no banheiro. Não há nada de mal nisso. É um lugar até agradável, principalmente no verão. Ela às vezes lê um livro inteiro lá dentro. E outras vezes acaba até dormindo. Estende um colchonete na banheira e dorme. O pior é que o cara quer mijar, é um cara que bebe, e fica pedindo da porta: "Você não vai sair daí?, eu quero fazer xixi. Se não sair vou fazer na pia da cozinha".

Pausa e nenhuma resposta vem lá de dentro.

ELE: — E ela nada. É dessas mulheres que emburram por qualquer coisinha. É um saco mulher que emburra. Eu também já tive uma assim. Ficava uns três dias sem falar comigo. Eu fazendo todas as gracinhas pra ela, e ela nada. Mas não perdeu por esperar. Um dia saiu do banheiro (*riso meio diabólico, ameaçador*), ha, ha, ha, não me encontrou mais. Eu tava na rua, tava na noite.

Pausa e ele se afasta um pouco da porta, falando para ninguém em particular.

ELE: — Mas essa mulher do meu amigo na peça do meu outro amigo é ainda pior. Um dia ela se trancou no banheiro e sugeriu muito sutilmente que ia se suicidar. Quer dizer, ela só falou que ia entrar na "saída". E entrou no banheiro, batendo a porta. O cara sabia que ela ia demorar, então resolveu sair. Mas foi só lá, quando ele estava num botequim, bebendo com os amigos, que matou a charada. "Saída de emergência, porra", foi isso que ela quis dizer. Por causa do gás do banheiro. Uma bomba de efeito retardado é o que ela tinha lançado. Era uma verdadeira profissional. Profissional da chantagem. E o cara ali pensando no botequim: "Será que ela tem mesmo coragem?". Por via das dúvidas, voltou correndo pra casa e começou a implorar. E olha que era um cara orgulhoso pacas. Ele chegou a boca na fresta e disse:

Ele chega a boca outra vez junto à fresta da porta.

ELE: — Tá certo, eu estava errado, não devia ter gritado com você. Sai e vamos conversar com calma. Você bebe só o tanto que quiser. (*Ele adquire um tom sacana, tentador.*) Eu deixo a vodca em cima da mesa e você só bebe o tanto que quiser.

Ele faz outra pausa e agora encosta o ouvido na porta. Nenhum ruído vem lá de dentro.

ELE: (*para o público, em tom didático*) — Ela não saiu. Sabe então o que o meu amigo fez?

Ele chuta possessamente a porta do banheiro e grita.

ELE: Quer morrer morre, sua chantagista!
ELA: (*abrindo rápido a porta e saindo com o copo na mão*) — Fala mais baixo, cara, olha a vizinhança.
ELE: (*aproveitando depressa para melhorar o ambiente entre*

os dois) — Engraçado. Foi exatamente isso que ela disse. Ou melhor, era exatamente isso que o meu amigo teatrólogo tinha escrito pra ela dizer na peça dele: "Fala mais baixo, cara, olha a vizinhança". A obsessão das duas era a vizinhança.

ELA: (*já interessada*) — Que duas, rapaz? Não era a mulher do teu amigo?

ELE: — Era. Mas era também a mulher do meu amigo na peça do meu outro amigo. E as duas tinham de ser idênticas. Porque era, ou melhor, seria, uma peça realista, se fosse encenada. Tão realista que deveria durar o tempo todo de uma discussão. Não haveria propriamente um fim, porque o casamento é uma longa discussão sem fim. E o público iria indo embora aos poucos, à medida que aquela discussão se tornasse intolerável.

Obs.: Nesse momento, a critério da direção, alguém previamente colocado na plateia poderia levantar-se e deixar o teatro. Mas isso deveria se fazer de modo não ostensivo. Pedindo licença baixinho, timidamente etc. E também não poderia ocorrer todas as noites.

ELE: — Alguns não aguentariam nem o princípio. Talvez porque aquela discussão dissesse muito a respeito deles mesmos. Mas outras pessoas ficariam por horas, talvez porque houvessem pago um preço exagerado pelo ingresso. E o caso é que o meu amigo não encontrou quem se dispusesse a produzir a peça. Haveria o problema das horas extras dos empregados do teatro etc. Poderia haver até greves. Mas como eu estava dizendo, as três disseram exatamente a mesma coisa.

ELA: (*meio nervosa outra vez*) — Quer me gozar? Que três, não eram duas? A mulher do teu amigo e a mulher do teu amigo na peça do teu outro amigo?

ELE: — Correto. Elas duas e agora você aqui. Como se nós

também fôssemos um casal. Não apenas um casal, mas um casal dentro de um palco.

Ele adquire outra vez o tom empostado, teatral.

ELE: — Um casal no grande palco da existência. E todas as três mulheres disseram: Fala baixo, cara, olha a coincidência. Ou melhor, fala baixo, cara, olha a vizinhança. A obsessão das duas era a vizinhança.

ELA: (*com um nervosismo angustiado, inseguro*) — Mas como, duas? Diminuiu de novo?

ELE: — Tanto a mulher do meu amigo como a mulher do meu amigo na peça do meu outro amigo, que aliás eram idênticas, pois assim pretende ser o teatro realista, tinham vindo de baixo e por isso eram obcecadas com a vizinhança. Até brigar era baixo, porque de baixo era de onde elas vinham e temiam que as pessoas pensassem isso delas: que elas vinham de baixo e não tinham educação. Quanto a você eu não sei.

ELA: (*se ouriçando*) — Não sabe o quê?

ELE: — Se você veio de baixo ou não. Só sei que falou a mesma coisa (*ele imita o tom de voz dela*): "Fala baixo, cara, olha a vizinhança".

ELA: (*recuperando o autodomínio, deixando o copo em cima da mesa, pegando a bolsa e ameaçando sair*) — Olha aqui, se você quer fazer esse joguinho, faz. Eu não vou entrar nele. Eu mandei você falar baixo porque antes você disse que eu estava gritando, quando foi você quem começou a gritar. E isso aqui estava parecendo uma casa de loucos. Gritos, chutes na porta e o resto todo. Parecendo um cortiço. Podia vir o síndico, a polícia, e eu não quero complicações. O que vão pensar de mim? Afinal, nem te conhecer eu te conheço direito. Mas de uma coisa já tenho certeza: você é um cascateiro. Na minha profissão a gente conhece um à distância.

Ela começa a falar num tom de autovalorização.

ELA: — Afinal a gente transa com esse Rio de Janeiro todo. Cada dia entrevistando um. Hoje é um industrial, amanhã um ator, um general, um cientista, um político, um assassino. E as cascatas que todos contam pra sair no jornal. A importância que todos se dão. É o que eles têm de comum, até o assassino: o ar de importância quando estão sendo entrevistados. Mas os piores são os artistas. O ar de inteligência, de genialidade, como se fossem uma raça superior.

ELE: (*segurando o braço dela, recolocando sua bolsa sobre as almofadas*) — Calma, menina. Eu só estava querendo saber umas coisas de você. Há quanto tempo você trabalha em jornal?

ELA: — Uns quatro anos, por quê?

ELE: — Você gosta?

ELA: — Gosto. É uma vida interessante, não tem rotina. Um dia você entrevista um industrial, noutro um ator, depois um general, um cientista, um político, um assassino.

ELE: (*adquirindo cada vez mais um tom de repórter*) — Você não acha que o jornalismo atrapalha a literatura?

ELA: — Atrapalha como, se a gente até ajuda os caras a venderem os livros deles?

ELE: — Não, não é isso. Eu perguntei se você não acha que para um escritor é melhor ser pedreiro, estivador, gigolô, funcionário público, qualquer coisa, menos jornalista?

ELA: — Não. O Hemingway, por exemplo. O Hemingway era um bom repórter e um grande escritor. Criou até um estilo em cima disso.

ELE: (*ligeiramente irritado*) — Todo escritor que vai ser jornalista cita como desculpa o caso do Hemingway.

ELA: (*irritando-se por sua vez*) — Porra, afinal quem é o escritor aqui, eu?

ELE: (*inteiramente calmo*) — É claro que sou eu. Eu só tava querendo te fazer umas perguntas. Pra te conhecer melhor. Talvez isso seja até bom para uma entrevista. Você nasceu onde?

ELA: — Aqui no Rio mesmo, por quê? Vai perguntar também de que família, igual lá em Minas? Pra saber se eu "vim de baixo" igual a sua amiga que mandou o seu amigo falar baixo?

ELE: — Que é isso, está na cara que você nasceu de boa família. Algumas pessoas mandam os outros falarem baixo realmente por educação. E é claro que você tem inteligência, instrução, se não não estaria aqui.

ELA: — Entrevistando o grande artista, o gênio, o...

ELE: — Não estaria aqui pisando um palco é o que eu quero dizer. Para pisar um palco é preciso antes de tudo ter inteligência, cultura.

Ela se envaidece, faz um ar de inteligência e nota-se que ambas foram atingidas pelos elogios: a personagem e a própria atriz enquanto atriz. Mas quando ele se infla todo para a próxima fala, percebe-se que ele se referia muito mais à própria inteligência e cultura, enquanto personagem e ator.

ELE: — E uma boa dose de narcisismo também. Mas isso passa, é da profissão, desde que não faça do ator um canastrão. Mas inteligência é essencial. E isso eu percebi em você desde o momento em que pronunciou aquela simples frase ali na porta: "EU SOU EU".

Esta última frase é pronunciada com uma entonação irôni-

ca muito sutil, para deixá-la na dúvida. Ela aparenta um pouco mais de insegurança, senta-se e presta atenção ao que ele fala, talvez porque deseja saber mais a respeito de si própria.

ELE: (doutoral) — Shakespeare, por exemplo. Não basta uma atriz decorar, interpretar, criar, enfim, uma Julieta. É preciso conhecer profundamente o "espírito" de Shakespeare. Quando Julieta pronuncia suas juras de amor, não estamos diante de alguém, especificamente, que se chama Julieta. É algo quase metafísico, pois a fala do velho bardo quer atingir a própria essência do amar. É a própria metafísica que pede passagem, que fala pela boca de uma atriz e isso ela tem de compreender mais do que tudo. Já no teatro realista, como o do meu amigo, tudo é muito mais rasteiro. Trata-se de um simples casal neurótico, no bairro do Leme, na cidade de São Sebastião do Rio de Janeiro. Os quatro brigam o tempo todo, mas não conseguem sair de perto um do outro.
ELA: — Quatro?
ELE: — O casal meu amigo, o casal...
ELA: — Não, deixa pra lá. Já entendi.
ELE: — Não, era uma boa pergunta. Pois eu poderia estar me referindo a Freud. Que "toda relação sexual é um processo em que quatro pessoas estão envolvidas". Se eu me referisse a Freud, teria então de falar em "oito". O casal meu amigo, o casal meu amigo na peça do meu outro amigo e os pais e mães envolvidos na transação, numa acepção freudiana. Mas fiquemos apenas num casal, para simplificar. É uma manhã de domingo e eles estão se aprontando para ir à praia. Mas ficam o tempo todo discutindo certos detalhes.

Ele começa a mudar a voz, alternadamente, imitando as falas dos personagens masculino e feminino da outra peça.

VOZ MASCULINA: — Cadê a raquete?

VOZ FEMININA: (*sempre num tom de raiva controlada, querendo falar baixo*)— Eu sei lá da sua raquete.

VOZ MASCULINA: — A raquete estava aqui, ontem, junto desta porta. Eu sempre deixo a raquete aqui. Por que ela não está mais aqui? Não se acha mais nada nesta merda desta casa.

VOZ FEMININA: — Será que você não pode ir à praia um dia sequer sem jogar frescobol? Não pode ficar sentado como todo mundo?

Ele começa a imitar com as mãos um jogo de frescobol.

VOZ FEMININA: — Um jogo completamente ridículo. Bolinha pra cá, bolinha pra lá. E não se acerta coisa alguma, não tem esse negócio de marcar um ponto, fazer um gol. E só bolinha pra cá, bolinha pra lá. E de vez em quando se acerta é a cara de alguém. A polícia faz muito bem em proibir. É melhor você ir sem raquete porque qualquer dia eles tomam a sua.

VOZ MASCULINA: — Sem raquete eu ainda posso ir. Mas com você num biquíni desses eu não vou.

VOZ FEMININA: — Que que tem? Está todo mundo usando biquíni desse tamanho. (*A própria voz feminina procura imitar a voz masculina da outra fala.*) Ou agora você vai dar uma de machão: "Minha mulher não usa um biquíni desses!"?

VOZ MASCULINA: — Não é por causa da praia, é por causa dos botequins. Daqui até a praia tem um monte de botequins. E ficam aqueles crioulos bebendo no balcão e mexendo com as mulheres.

VOZ FEMININA: — E com esses crioulos o meu maridinho tão machão tem medo de brigar. Se fosse um surfista de merda...

VOZ MASCULINA: — Quer saber de uma coisa? Eu estou cagando e andando se o pessoal mexe com você. Eu acho que você não devia ir com esse biquíni brilhante porque ele é escroto, só isso. Biquíni dourado! É demais!

VOZ FEMININA: — Escroto é você, seu cafajeste!

ELA: (*interrompendo*) — Escroto! Essa é a palavra certa, mas para a peça do teu amigo. Está rasteira demais para o meu gosto. Escrota, cafajeste. Realista demais.

ELE: (*voltando ao próprio tom de voz*) — Mas é aí que você não sacou a transcendência. É um realismo falso, aparente, simbólico. O casal fica discutindo o domingo inteiro e nunca sai para a praia. É uma espécie de *Esperando Godot* carioca. Como Godot (Deus) nunca chega para Wladimir e Estragon na peça de Beckett, também a praia nunca será atingida por eles (*ele adquire um tom grandiloquente*): ETERNOS NÁUFRAGOS DA EXISTÊNCIA.

Há uma pequena pausa e depois eles caem na risada diante da farsa. Ele chega até ela, abraça-a, levantando-a do chão. A seguir, ele a puxa pelo braço. O clima se descontrai integralmente.

ELE: — Vem cá pra você ver a paisagem.

Eles se aproximam da janela, cujas cortinas ele abre.

ELE: — Que tal?

ELA: — Não estou vendo nada, só fundos. Isto aqui é deprimente.

ELE: — O nome do prédio é Príncipe Charles. Você viu a fachada? Mármore, menina, mármore, ou pelo menos algo parecido. E a fonte luminosa, você viu a fonte luminosa? Bom, é um laguinho pelo menos. Uma vez, numa reunião de condomínio, uma velha maluca sugeriu que a gente pusesse ali uns peixes. A ideia não era má, mas não foi aprovada. Alguém argumentou que podia atrair os mendigos para pescar. Então, em vez de peixes, resolveram colocar os cavalos.

ELA: — Cavalos no lago?
ELE: — As gravuras com cavalos ingleses na portaria. São legítimos, os cavalos e as gravuras. Custaram um dinheirão. E talvez inconscientemente tenha sido por causa dos cavalos que eu vim parar aqui. Porque, quanto ao resto, você tem razão, é só fachada, é deprimente. Na próxima reunião de condomínio vou sugerir a troca do nome do edifício. Em vez de Príncipe Charles, Sepulcro Caiado. Talvez o pessoal goste. Podem pensar que é algum monumento importante na Europa. E no fundo eles estão certos. Se você não pode estar bem interiormente, por que não melhorar a aparência? Essa filosofia é responsável pela civilização que se edificou em Copacabana e adjacências. Aparência, eis um substantivo verdadeiramente definidor para esses bairros. E você, mora onde?
ELA: (*tentando aparentar naturalidade*) — Ipanema.
ELE: — Ah, eu também chego lá. Quando vim de Minas fui morar no Catete. De lá subi um pouco. Mais precisamente, subi o Morro da Glória. Depois desci para Botafogo, que, no entanto, em termos sociais, era uma ascensão. E algo se diga a meu favor. Pelo menos nessa de subúrbio eu não entrei. Para morar em subúrbio era preferível continuar em Belo Horizonte. E agora estou no Leme. Mas eu ainda chego lá, em Ipanema, igual a você, pode acreditar.
ELA: — Não é bem o que você tá pensando. Ipanema, pra mim...
ELE: (*interrompendo-a*) — Tem um amigo meu que escreveu um poema sobre Ipanema. Sobre Ipanema e também sobre a poesia. As obras dos meus amigos sempre possuem uma pluralidade de significados.
ELA: — E você?
ELE: — Eu o quê?
ELA: — Você vive falando nas coisas dos seus amigos. E você, não faz nada?

ELE: — Precisamente. Eu não estou fazendo nada. Aliás, nem sei por que te mandaram me entrevistar. Vai ser a primeira entrevista com um cara sobre as coisas que ele não faz. Mas calma que a gente chega lá. Primeiro eu faço questão de recitar o poema do meu amigo.

Ele vem até a beira do palco e, de frente para a plateia, faz uma pose de recitador de academia interiorana, cruzando as mãos. Durante a récita, ele acompanhará o poema com gestos.

ELE: "Coração subalterno", de Sebastião Geraldo Nunes.

"Disse um poeta à musa amada:
minha idolatrada, diga-me o que quer.
por ti vou mentir, plagiar
em busca da glória, ó doce mulher.

provar quero eu que te adoro:
venero dinheiro, uísque e poder.
mas diga tua ordem, espero:
por ti não importa comprar ou vender.

e ela disse ao poeta a brincar:
se é verdade tua louca paixão
parte já e pra ti vai buscar
do passado a velha rimação.

e a correr o poeta partiu
como um raio do subúrbio sumiu
sua amada bem feliz ficou
e ao sol da praia se instalou.

chega a Ipanema o poetra
e encontra os colegas no bar a curtir
ouve-lhes os versos de merda
e admira os trajes que estão a vestir.

colhe no ar, comovido,
frases de efeito e versos em ão
e volta a correr, proclamando:
vitória, vitória, tem minha paixão.

mas em meio ao caminho caiu
e na pedra uma perna partiu,
e à distância saltou-lhe da mão
sobre a terra a pobre rimação.

nesse instante Ipanema falou
machucou-se o pobre vate meu.
cure a perna e volte, aqui estou.
vem curtir-me que ainda sou teu."

Ele faz uma curvatura, agradecendo à plateia. Se houver aplausos, fará mais curvaturas. Se não houver, o espetáculo prossegue normalmente.

ELA: (*segurando o riso*) — Não é o que você está pensando. É que em Ipanema, pra mim, o trabalho fica mais fácil. Estou na segunda seção do jornal e é ali, em Ipanema, que os *"artistas"* (*ênfase na voz*) moram.

Ele refaz rapidamente a pose de "recitador" e repete:

ELE: — "ouve-lhe os versos de merda
e admira os trajes que estão a vestir".

ELA: — Depois, moramos eu e mais duas amigas e o aluguel sai até barato.
ELE: — Não precisa ter sentimento de culpa. Você é comunista? Que que tem morar em Ipanema? O Nelson Rodrigues e o José Bonifácio sempre disseram que todo esse pessoal de jornal era comunista.
ELA: (*irritando-se ligeiramente*) — Olha, não enche o saco. Está certo. Eu gosto de morar em Ipanema, pronto. Quando eu acordo pra trabalhar, só de olhar o mar...
ELE: (*voltando rápido à pose de "recitador"*) — "Do passado a velha rimação".
ELA: (*ignorando*) — Só de ver o mar já levanta a moral, dá outra disposição.
ELE: (*refazendo mais ou menos a pose de recitador*) — Sim, o mar, aquela imensa vastidão de verde e azul. As vagas tonitruantes a compor com os rochedos e as gaivotas uma paisagem em que a presença de Deus, se não se torna uma certeza, ao menos nos faz debruçar-nos sobre a nossa insignificância. Sim, é belo o mar. Aqui não dá para vê-lo, pois estamos nos fundos. Mas quando sopra o noroeste, o vento morno e uivante das tragédias, dá para sentir o cheiro da maresia que corrói os metais, os corpos e as almas desta casa. E quando, por milagre, no fim da madrugada, às vezes as buzinas e os motores se calam por um fragmento de instante — um fragmento em branco, um espaço silencioso na melodia que faria a delícia de um John Cage — dá para ouvir, então, o marulhar das ondas. E, sim, minha querida, para um ser imaginativo é quase como se o víssemos. Põe só a cabeça para fora para você ver.

Hesitante, desconfiada, ela põe a cabeça para fora da janela e de vez em quando olha para trás, numa leve sugestão de que o teme, como se ele pudesse empurrá-la. E, efetivamente, mais atrás, num gesto que é misto de farsa e impulso homicida, ele faz mesmo menção de empurrá-la.

ELE: (*numa voz suave, sugestiva*) — Agora olhe para cima.

Ela olha para cima, esquecendo-se dos temores e precauções. Ele se aproxima e toca-a, num gesto ambíguo entre a lascívia e o sadismo, um gesto de animal que alcança sua presa.

ELE: — Está vendo alguma coisa?

ELA: (*levemente amedrontada, encolhendo-se ao contato das mãos dele*) — Não, só uma fatia do céu lá em cima, espremida entre os edifícios. Ah, e uma estrela.

ELE: (*debruçando-se para olhar com ela*) — Exatamente.

ELA: (*retirando a cabeça*) — Exatamente o quê?

ELE: (*afastando-se da janela e voltando, junto com ela, para o centro da sala*) — A paisagem é essa estrela. Quando você enfia a cabeça para fora da janela e olha para cima, às vezes vê essa estrela. Se ela estiver ali é porque o tempo está claro e amanhã vai dar praia. Se não estiver, não vai dar praia.

Se der praia, tudo bem. As pessoas se levantam alegres, pegam as crianças, os cachorros, as raquetes e lá se vão. E todo mundo se bronzeando, se refrescando na água, é aquela descompressão. E as pessoas saem de lá leves, realizadas. É como se ir à praia fosse produzir alguma coisa. A praia é a verdadeira produção neste Rio de Janeiro. E na volta uma comidinha caseira, uma dormidinha, uma trepadinha e, mais tarde, um cineminha, um show, um chopinho, uma caminha outra vez, outra trepadinha. Assim caminha a nossa fútil São Sebastião do Rio de Janeiro.

Subitamente ele se cala e se dirige energicamente para ela, que recua para o centro da sala.

ELE: (*agressivo, como se tivesse sido ela quem pronunciara todas aquelas palavras*) — Fútil por quê? O que há de errado com isso? Por que no teatro tem de se ironizar as coisas o tempo todo como se elas sempre estivessem erradas? Fica-se aqui, mal-humorado, gozando as pessoas que vão à praia, enquanto nós permanecemos em nosso pedestal, nossa torre de marfim (*ele aponta o apartamento todo desarrumado e ela olha ao redor, espantada*), como se fôssemos superiores. Quer saber de uma coisa? Eu acho que não há nada de errado com as coisas. O que que tem ir à praia? Por que no teatro a gente tem sempre de criticar alguma pessoa ou grupo de pessoas? Um teatro contra uma classe, uma ideia política, um estado de coisas. Ou quando não é nada disso, um teatro contra o próprio teatro. Por que não se pode escrever, por exemplo, uma peça a favor de algo? A favor do teatro, por exemplo. Aquelas discussões todas que acontecem no teatro. Teatro é ótimo. Ou por que não uma peça a favor da praia? É isso, eu vou escrever uma peça a favor de alguma coisa. Mostrar como são maravilhosas e felizes as pessoas que vão à praia, enquanto vocês (*ele faz um gesto largo com as mãos*) ficam aí criticando. Pois eu acho ótimo isso: ir à praia e depois voltar para casa e uma comidinha, uma trepadinha, um show, uma peça de teatro, um chopinho. Um bando de ressentidos é o que vocês são. Nietzsche...

ELA: (*interrompendo-o e avançando por sua vez contra ele, que se põe a recuar*) — Que Nietzsche, cara? Tá louco outra vez? Não basta a você fazer um dos papéis (*ela fala agora também enquanto atriz*), um dos personagens? Tem de fazer os dois? Isso aí tudo era eu quem tinha de falar, você não sabe disso? Olha, em todos esses anos nunca vi ninguém tão narcisista. Você é tão narcisista que vai acabar dando a volta. Vai acabar tão humilde quanto são Francisco de Assis ou d. Hélder Câmara. Você começa todo esse papo de praia e depois vem me atacar? Qual é, porra? Eu acho que nem à praia você vai. Está com uma cor entre o amarelo-hepatite e o verde-botequim. Uma cor patriótica.

ELE: (*subitamente tímido, deprimido, sentando-se nas almofadas e passando as mãos na testa, como se estivesse doente*) — É, você tem razão. Eu sou um cara tão narcisista que acho que parei de ir à praia quando parei de publicar. Quando eu publicava, ia à praia lá na Montenegro, era reconhecido; passava e as pessoas me apontavam discretamente, cochichando. Deviam estar falando de mim: "Esse aí é o Santeiro, aquele escritor". As mulheres... (*Ele subitamente modesto.*) Bom, deixa pra lá. O que interessa é que eu sou tão narcisista que não posso ir a um lugar onde não seja o centro dos acontecimentos. (*Ele volta ao tom deprimido e por isso ela afaga maternalmente sua cabeça.*) Ou talvez eu tenha parado de ir à praia como uma punição que impus a mim mesmo. Sou um cara cheio de sentimento de culpa. Eu estava no auge e então arrumei logo uma doença psicossomática e tive de parar de ir à praia.

Pausa e ele muda para um tom de perplexidade.

ELE: — Ou talvez tenha sido por um outro motivo qualquer. Um motivo inconsciente, quem sabe. Pena que eu tenha parado de ir ao psicanalista. Talvez estivesse próximo de uma descoberta importante. Sim, eu estava à beira de descobrir que... que...

ELA: (*ansiosa*) — O quê, queridinho? O quê?

ELE: — Eu estava à beira de descobrir que... que... eu parei de ir à praia porque... eu não gosto de praia. É muito incômodo: o sol, a areia, aqueles bichinhos todos queimando a gente. E aquele negócio de põe areia, tira areia...

Sentindo-se lograda, ela tira as mãos da testa dele. Mas rapidamente ele tenta consertar a situação e repõe as mãos dela em sua testa.

ELE: — Mas você tem toda a razão. Eu sou narcisista. E afinal de contas não sou o centro do mundo, nós não somos o centro do mundo.

Ele se levanta de um salto e começa a discursar agressivamente, dirigindo-se a ela e à plateia.

ELE: — Ficamos aqui discutindo praia enquanto quarenta por cento dos brasileiros são analfabetos; quatrocentas mil crianças em nosso país não completam o primeiro ano de existência; a média de vida do homem nordestino não ultrapassa os trinta e cinco anos, quarenta, quarenta e cinco anos, sei lá; na Baixada Fluminense uns vinte presuntos são deixados por mês pelo Esquadrão da Morte; o trânsito mata por semana...

ELA: *(interrompendo e macaqueando uma fala dele anterior)* — "Por que que a gente tem de ser o tempo todo contra? Vou escrever uma peça a favor! A favor da praia, por exemplo. Mostrar como são maravilhosas e felizes as pessoas que vão à praia".

ELE: *(tranquilo)* — Justamente.

ELA: — Justamente o quê?

ELE: — A praia. Nós estávamos falando da praia. Se a gente olhar pela janela e vir a tal estrela, está tudo bem, é porque amanhã vai dar praia. Mas se aquela estrela anunciadora não estiver ali, amanhã será um daqueles dias chuvosos e cinzentos, todo mundo deprimido, todo mundo desorientado como...

ELA: *(grandiloquente)* — Como náufragos sem bússola à deriva no imenso oceano da existência! Como Reis Magos que subitamente perdessem de vista a estrela que os conduzia ao Messias! Como...

Repetindo uma cena anterior, eles caem na risada, abraçam-se e beijam-se.

ELE: (*carinhosamente, com as duas mãos na cintura dela e dirigindo-se à personagem e à atriz*) — Você é mesmo inteligente, hein? Pensa rápido, pegou logo o clima. Então me mata esta: se a gente chegar à janela e olhar não mais para cima, mas em frente, o que vai ver?
ELA: (*subitamente provocadora, enlaçando-o e olhando-o bem nos olhos*) — Não precisa nem olhar, meu bem. São dez horas da noite. A essa hora, em seus ninhos, todos os bichos se preparam para a noite. Os filhotes já foram postos na cama e macho e fêmea, enfim, dispõem de um momento um para o outro. E é um pequeno gesto de acariciar um rosto (*ela acaricia o rosto dele*); um leve beijo desses que apenas pousam um lábio noutro lábio (*ela o beija de leve*) — e as mãos de um macho subitamente despertado que agora descem da cintura dela (*ela puxa as mãos dele e o guia nas partes de seu corpo que vai descrevendo*) e tocam suas ancas, percorrem-nas em toda a sua extensão redonda e depois descem para suas coxas, umedecendo-a para o amor.

Soltando-se rápido, ela faz um gesto brincalhão de desdém.

ELA: — Enquanto o artista ascético e solitário a tudo observa com seus olhares neutros para escrever o drama do seu edifício, do seu bairro, da sua cidade e, "quiçá", da sua geração.
ELE: — Errou. Só acertou quanto ao drama. Quando eu me mudei para cá, no meio daquela zorra habitual de uma mudança, os homens arrastando caixotes de um lado para o outro, eu desamparado como um órfão, fazia pouco tempo que tinha perdido minha terceira mulher — terceira ou quarta, sei lá — e só quem já passou por isso vai me entender... o pior são as mudanças, que coisa horrível é uma mudança.
ELA: — Sua mulher morreu?
ELE: — Não, queridinha, ela apenas me largou. Ou melhor,

mandou que eu saísse. De qualquer modo eu perdera uma mulher e, muito mais do que isso, um lar, e quando cheguei aqui neste apartamento e abri as janelas de par em par...
ELA: — Pensou em se suicidar!
ELE: (*irritado*) — Vê se não termina minhas frases. Um dos meus casamentos não deu certo justamente por isso. Ela vivia terminando minhas frases. Ou então, quando eu ia contar um caso, ela dizia: "Você já contou isso, meu bem". Isso bem na frente das visitas. Odeio mulher assim.
ELE: (*prosseguindo*) — Eu estava dizendo que quando me mudei para cá e abri essas janelas de par em par e deparei com essa magnífica visão (*faz um gesto para a janela*): caixotes retangulares repletos de moradores uns apertados contra os outros, num cenário que faria a inveja de pesquisadores da alma como Freud, Reich, Yin, Yang e Jung, pensei: eis um excelente posto de observação para um romancista. Daqui poderei sentir, uma a uma, as pulsações desta cidade inquebrantável, ou melhor, inabrangível...
ELA: — "Iná" o quê?
ELE: — Inabrangível, que não se pode abranger. Esta cidade inabrangível que é o Rio de Janeiro. Que importam a solidão, o calor, a angústia espiritual; o romancista é antes de tudo um forte. Não arredarei o pé do meu posto até que tudo tenha se transferido para o papel.

Ele se põe no meio da sala e começa a fazer gestos nervosos e dar ordens para trabalhadores imaginários dentro do apartamento.

ELE: — A máquina, ponham aqui a máquina, eu dizia aos homens da Fink. Quanto ao resto não se preocupem. Se quiserem, atirem o resto pela janela. Mas a mesinha e a máquina, não. Se algo acontecer à minha máquina cobrarei um milhão de dólares por perdas e danos, prejuízos materiais e morais, prêmios literários vencidos e vincendos: O Concurso do Paraná, o Walmap, o Molière, o S. N. T., o Nobel, e mais conferências, cátedras... Eu estava febril. Você sabe quando você tem daquelas ideias, frequentemente no meio da noite, e o cérebro trabalha como um computador? Pois é, eu estava assim. E essa eu não podia perder. Já bastavam todos os contos, novelas e romances que eu perdera, no dia seguinte, por amnésia alcoólica.

ELA: (*impaciente*) — E aí, você escreveu o romance?

ELE: — Não.

ELA: (*exasperada e macaqueando os gestos anteriores dele*) — Mas e o "inabrangível", e a "máquina", e a "Fink", e o "Molière", e o "cérebro", e o "fulminante", e o "computador", e o resto todo?

ELE: (*subitamente dramático*) — Os homens acabaram de arrumar as coisas, eu os paguei e eles foram embora. Era a hora do crepúsculo, a fresta entre o mundo da realidade e o da mais desvairada imaginação. Fechei as cortinas (*ele fecha realmente as cortinas*) e fui lá embaixo comprar tudo aquilo que um escritor precisa: carbono, papel, borracha, fita de máquina, cigarros, cachorro-quente, Coca-Cola... E nada de álcool, menina. Nada de álcool ou maconha na hora do trabalho. E aí voltei para o apartamento. Anoitecera e eu queria surpreendê-los assim: apaguei minhas próprias luzes, ou melhor, as luzes da sala, para que eles não me vissem, mas eu, sim, pudesse espiá-los em suas tocas, captá-los na mais absoluta intimidade.

E, como alguém ansioso, expectante, diante de um pano que vai subir para uma peça de teatro, fui descerrando devagarinho, chorando, aquela cortina que descortinaria para mim as entranhas, a chaga viva desta cidade.

Ele ri um riso satânico e começa a descerrar as cortinas, enquanto narra com uma voz de filme de terror.

ELE: — E eu ria um riso satânico, ha, ha, ha, cheio de espuma em meus lábios, diante daquela janela que rasgaria para mim, como um bisturi — era tão perto! —, sim, a chaga viva da cidade, desvelando-me, como numa autêntica violação, a intimidade mais recôndita de seus habitantes.

Ele faz uma pausa de efeito, de absoluto silêncio.

ELE: — E sabe o que foi que eu vi?
ELA: — Não.

Pausa.

ELE: — Televisão!

Pausa e ela o encara, espantada.

ELE: — De todos aqueles apartamentos, em meio a um colorido fantasmagórico, saíam vozes aflitas, algumas; suaves, outras; sepulcrais, ainda outras. Sim, de todos aqueles apartamentos saíam ruídos roucos, orgiásticos, risadas insanas, como se assassinatos e os mais loucos incestos e paixões estivessem prestes a se consumar. Havia tragédias passionais, tentativas de suicídio, investigações de paternidade, heranças fraudulentas, ferozes lutas pelo poder empresarial ou, ainda, miudezas do ridículo cotidiano como um avô a depositar candidamente uma dentadura dentro de um copo, crianças rezando antes de ir para a cama, etcétera. E havia ainda, como você disse muito propriamente, os bichos em seu ninho se preparando para a noite. (*Ele adquire um tom lírico e sensual, enquanto seus gestos repetem o que dizem as palavras.*) E são os pequenos gestos de acariciar os rostos uns dos outros; leves beijos, desses que apenas pousam um lábio úmido noutro lábio; as mãos de um macho a deslizar por esguias coxas femininas, umedecendo-as para o amor.

Subitamente, ele se afasta dela.

ELE: — Mas não era de cada um desses apartamentos, em separado, que se alternavam os gestos de amor ou de ódio ou de um medíocre mas singelo prosaísmo. Não. Era de todos eles simultaneamente que tais imagens saíam para minhas retinas, os gestos todos não passando de um só gesto a repetir-se em camadas infinitas, labirínticas, de espelhos. E esses espelhos nada mais eram que as telas dos televisores, minha querida. E as pessoas que estavam vivas, os atores que faziam os acontecimentos, não eram aqueles bichos humanos em suas tocas, mas aqueles outros dentro dos espelhos, que eram o palco, o cenário, o picadeiro...

ELA: (*debochando, grandiloquente*) — Do imenso circo da existência!

ELE: (*impassível*) — Sim, isso mesmo, enquanto os outros, nós todos, os habitantes da cidade, nos transformáramos numa malta, numa manada, numa corja... Qual é mesmo o coletivo de espectadores? Chusma? Turba? Alcateia? Não, alcateia é feroz demais. Resma, quem sabe? É parecido com lesma. Ou será plêiade? Não, não pode ser, é muito poético.

ELA: — Massa. Massa de espectadores.

ELE: — É isso. Nós nos transformáramos numa massa de espectadores passivos.

Ele vai até a mesinha, serve mais gelo e vodca para os dois.

ELA: — E aí você desistiu do romance, foi lá dentro, tirou mais gelo, serviu uma outra dose e...
ELE: — Não, é aí que você se engana. Quer dizer, acertou em parte. Eu realmente me servi de mais uma dose, uma tremenda dose, para me refazer daquela perda. (*Ele bebe um longo gole.*) Era como se eu tivesse encontrado e perdido, num espaço de poucos minutos, o romance da minha vida. Como se Marcel Proust, por exemplo, saísse para jantar e, na volta, encontrasse vários quarteirões de Paris, incluindo o seu, em chamas. E ele se pusesse a chorar não por Paris, mas por *Guermantes*. As folhas calcinadas de *Guermantes*. As folhas dos originais da *Recherche* que ele deixara em casa e foram destruídas pelo incêndio. Sacou essa?
ELA: — Naturalmente, *chéri*. Já trabalhei na Pesquisa. Marcel Proust, romancista francês, nascido em 1871 e morto em 1922, que revolucionou a narrativa moderna e cuja obra principal, em sete volumes, foi *A la recherche du temps perdu*, descrevendo os ambientes aristocráticos e da classe média em sua complexidade social e revelando uma obsessão pelo passado...
ELE: — Chega, chega.
ELA: — Você serviu mais uma dose, e aí? Porque até aí nada, é a história da sua vida. Te sugiro uma peça autobiográfica de teatro assim: você só bebendo no meio do palco. E as pessoas, os espectadores, viriam pra te ver beber. Se o público achasse muito monótono, você mandava servir bebida pra eles também. Aliás, pensando bem, não precisava nem de peça. Bastava abrir um botequim.
ELE: (*ignorando*) — Mas como Fênix, também eu ressurgi das cinzas. As cinzas de *Guermantes*, poderíamos dizer, numa bela metáfora. Porque foi aí — logo depois da minha maior perda — que eu tive a ideia luminosa. Que o romance do meu edifício, do meu bairro, da nossa cidade, do nosso tempo, não seria o romance de nossas vidas, de nossas pequenas dores e triunfos,

de nossos crimes, paixões, comédias, traições. E sim o romance de nossas vidas, nossas pequenas dores e triunfos, nossos crimes, paixões, comédias, traições, mas tudo se passando numa tela de televisão. Como se nós usássemos contra a vida uma tela protetora, um escudo, igual àquele anúncio de pasta de dentes.

Pausa e depois tom grandiloquente, realçando a rima.

ELE: — O romance de nossa geração seria uma novela de televisão!

ELA: — E você escreveu a tal novela?

ELE: (*impaciente*) — Mas será que você não entendeu nada? Não era escrever uma novela. Era escrever um livro, um romance, cujos capítulos não fossem mais do que os capítulos de uma novela sendo assistida por toda uma cidade. A verdadeira vida desta cidade seria o ato de assistir tal novela.

ELA: (*tomando nota num bloquinho que havia tirado da bolsa*) — E você escreveu — ou está escrevendo — esse livro?

ELE: — Pra que você está anotando?

ELA: — É pra entrevista. Afinal eu vim aqui por causa da entrevista. Estava quase me esquecendo dela.

Ele (*murmurando para o público em geral*) — Lá em Minas era melhor, a gente mesmo se entrevistava. Então o fluxo era muito mais espontâneo, ninguém interrompia. E tinha um jornal — *O Estado* — que aceitava qualquer coisa da gente. O jornal era uma bosta, mas tinha uma turma boa lá, um pessoal que bebia com a gente: o Wander, o Henri, o Ronaldo Brandão. Então a gente mandava a entrevista prontinha.

Ele imita a voz de um suposto entrevistador.

ELE: — "Carlos Santeiro, por que você escreve?"

Pausa e ele mesmo responde: — "Eu escrevo porque me preocupo com a condição humana".

ELE: — Você não trouxe gravador?

ELA: — Trouxe, está ali na bolsa, mas como você estava falando do livro, achei interessante, resolvi anotar logo. Quer dizer que você está escrevendo esse livro?

ELE: — Não!

ELA: (*arrancando a folha do bloquinho, fazendo uma bola de papel que atira nele*) — Vai continuar me gozando?

ELE: — Não escrevi o livro porque não era necessário. Bastava publicar a ideia. Se as novelas já estão aí, por que fazer mais uma ou reproduzir uma delas? Basta publicar a ideia que a obra está realizada. E se as pessoas estão mesmo a fim de ver novela, que liguem a televisão. Só que, com a leitura da minha ideia, a consciência com que elas assistiriam as novelas seria uma consciência ampliada. Nunca ouviu falar em arte conceitual?

ELA: — É claro, querido. Departamento de Pesquisa. Na arte conceitual você traça um projeto de obra, dá as coordenadas e...

ELE: (*interrompendo*) — Por exemplo: quando eu morava no Catete, frequentava um lugar dos mais simpáticos. Era uma mistura de restaurante e botequim. Numa parte ficavam as mesas e num outro recinto, separado por uma divisão onde trabalhavam os copeiros, havia um balcão. O restaurante era modesto, mas até que se comia bem. Nos fins de semana as famílias do bairro costumavam aparecer e vinham também os boêmios, estudantes, velhos solitários, gigolôs, dançarinas, bandidos em momentos de folga, a fauna toda.

Mas do lado de lá é que era o negócio. Ali havia umas banquetas junto ao balcão e era onde comia o pessoal mais duro. Você conhece aqueles quarteirões do Catete? Durante as obras do metrô pareciam uma cidade bombardeada. Eu tenho um amigo, o Carlos Prates, que morava lá e fazia até um cronograma das obras pra ver quando elas terminariam. Mas eu estava falando do pessoal que comia naquele balcão; você precisava ver as figuras: a turma do metrô, malandros, mendigos, vagabundos, putas de última categoria, nordestinos, os bêbados mais decadentes etc. Eles comiam e bebiam olhando diretamente para nós, que estávamos no restaurante. Eles olhavam para nós e nós olhávamos para eles. Quer dizer, eles nos assistiam e nós os assistíamos. Talvez os que não tivessem grana para mais do que um reles pão com manteiga (*ele vai assumindo um tom farsesco-demagágico*), os deserdados, o povo sofrido, os explorados e os humildes — talvez o nosso jantar é que fosse a refeição deles. Talvez eles fossem ali para nos ver comer. E para nós eles também eram um espetáculo diversificado e colorido, se eram. E eu me perguntava: para que teatro neste Rio de Janeiro se o melhor espetáculo está nas ruas? Uma vez eu fui assistir uma peça do Mozrek no Teatro Gláucio Gil. *Os emigrados*, você já assistiu?

ELA: — Não. Mas poxa, você pula de um assunto para outro.

Ele pega a bola de papel e a devolve para ela, que começa a anotar outra vez.

ELE: — Era uma peça que tratava de dois emigrados poloneses dentro de um quarto alugado. Você já reparou como proliferam as peças com dois atores atualmente? São os problemas de produção. E ali eles representam um intelectual e um operário, naquele esquematismo habitual das peças de teatro. O intelectual dizia coisas intelectuais e o operário dizia coisas proletárias. Até aí tudo bem. A peça era chata, mas eu tinha pago umas cento e cinquenta pratas pelo ingresso e queria aproveitar meu dinheiro até o fim. Só que chegou um momento — e era verão neste

Rio de Janeiro — em que o intelectual, o Rubens Corrêa, ia sair para a rua e então pegou no cabide um capotão desses peludos, para o pior inverno europeu. Aí eu não tive dúvidas: saí junto com ele.

Pausa

ELE: — Sempre tive um pouco de respeito humano de sair no meio das peças, eu esperava ao menos o intervalo. Mas ali, não. De repente era como se todo o peso de um teatro empoeirado desabasse sobre mim com aquele casaco. Era como se aquele pesado casaco fosse vestido por mim a quarenta graus à sombra. E eu também saí. Atravessei solitário a Barata Ribeiro naquela noite desperdiçada de sábado, peguei uma transversal e cheguei à praça Serzedelo Correa, ali onde mora o João Antônio. É ali que ele pega o material para aqueles livros dele. Basta descer o elevador.

A praça estava aquela loucura de sempre: forrós de nordestinos, namorados se grudando, grupos de adolescentes, vendedores, pivetes, bandidos, tiras, pontos de ônibus, restaurantes, motoqueiros, putas, batucadas, assaltos e o resto todo. Enquanto isso, o que faziam os seres sensíveis da cidade, como eu, que queriam aprender algo sobre a vida? Devidamente aconselhados por um crítico, enfiavam-se num teatro em que um falso operário soltava pensamentos embrutecidos e um falso intelectual vestia um capote de inverno para sair. Era demais. Eu me sentei num banco e pensei: meu teatro hoje vai ser aqui. E sabe o que aconteceu? Em minha direção, lá do outro lado da praça, veio caminhando uma mulher. Só que havia um detalhe: ela estava sem calça. Não somente sem a calça comprida, mas sem a calcinha também. Ela passava e todo mundo fingia que não via. Quer dizer, mesmo ali na praça Serzedelo Correa aquela mulher nua da cintura para baixo era o maior grilo e os homens fingiam que não estavam vendo. Está certo que ela era muito coroa, mas não era isso. Era como se aquilo fosse tão impossível que não pudesse acontecer. E o pessoal então fingia que não estava acontecendo. É claro que eu também fingi que não vi. Mas eu devia estar ainda mais grilado que os outros, porque ela veio e sentou-se ao meu lado e sorriu para mim. Louco é igual a cachorro, eles sentem o medo da gente, o cheiro da adrenalina. E ela sorriu para mim com uma expressão de completa tranquilidade. E era uma mulher conservada para os seus quase cinquenta anos. Deve ser porque os oligofrênicos, por falta de tensão facial, possuem um rosto relaxado, os músculos não se gastam. E ela sorriu para mim, como se nós dois estivéssemos não só num mundo à parte, mas no melhor dos mundos. Mas o seu amigo aqui não aguentou e saiu de cena. Voltei correndo para este apartamento e liguei a tela protetora. Estava passando o Baretta, acho.

ELA: — Você dá voltas, hein? E o "balcão"?

ELE: — Pois é, foi aí que eu resolvi escrever aquela peça: *O balcão*. Sacou a associação de ideias? Vou te revelar os segredos da criação. Associação de ideias entre a peça do Mozrek e a mulher sem calça na Serzedelo Correa. O contraste entre um e outro: o teatro como fuga para um espaço fechado e a brutalidade crua das ruas. E uma terceira ideia, que unia os dois. E, como uma síntese, o "Catete" refulgiu em mim. Foi isso que me levou ao *Balcão*. Então resolvi escrever aquela peça, ou melhor, publicá-la, já que não era necessário escrevê-la.

ELA: (*sempre anotando no bloquinho*) — Não tem uma peça do Genet com o mesmo nome?

ELE: — Tem, mas isso não tem importância. Seria até frescura minha rejeitar um título só porque alguém já o usou anteriormente. E um balcão é um balcão; se formos conceder direitos individuais sobre as palavras, em breve estaremos mudos. E o "meu balcão" era logo ali no Catete e não o balcão de um bordel num país imaginário qualquer.

ELA: — E onde é que você publicou o "seu Balcão"?

ELE: — Eu simplesmente o anunciei, como matéria paga, num desses jornalecos da imprensa marginal. Anunciei que ali, naquele misto de restaurante e botequim, estava sendo levada, diariamente, uma peça de minha autoria. É claro que as pessoas, os atores, não estavam ali por minha causa nem cumpriam um roteiro ou marcação determinados. As pessoas estavam ali porque estavam ali. Mas saca a ideia: eu me apropriei delas, transformei-as em atores, personagens, forneci-lhes uma segunda dimensão. E pus no jornal uma foto, o endereço, o cardápio etc., do "meu balcão". O portuga que era dono do lugar até entrou com uma grana. E, como era matéria paga, estava escrito que o melhor espetáculo teatral do Rio de Janeiro se passava ali naquele restaurante. E era verdade: nenhum autor conseguiria criar num palco um balcão de botequim com aquela constante movimentação, a espontaneidade, o improviso, a intensidade dramática, que existiam ali. Cenas de amor e de sexo da mais deslavada autenticidade e uma atmosfera de violência que, a qualquer momento, poderia culminar num crime. Fora isso, a marcante conotação social das pessoas retratadas no ato mais fundamental do ser humano: comer. Sem nenhuma falsa modéstia, posso assegurar que foi um sucesso que tornou obsoleto todo o teatro social deste país. Além disso, o tipo de veiculação na imprensa, a abertura integral da obra fizeram-na um dos poucos exemplos autênticos da cultura *underground* no Brasil. Pena que a coisa não tenha durado.

ELA: (*sempre anotando*) — Não durou por quê?

ELE: — O restaurante entrou na moda. Os intelectuais, as dondocas, os estudantes, os badaladores de todo tipo começaram a frequentar maciçamente o local. Desvirtuou como gafieira e escola de samba. Esses burgueses estragam tudo.

ELA: (*com a caneta suspensa*) — E a da novela, você publicou?

ELE: — Que novela, porra? Eu estou falando de um balcão.

Ela faz de novo uma bola de papel com suas anotações e a atira contra ele. Depois se levanta e começa a preparar nervosamente uma dose.

ELA: — Olha aqui, cara, você pode continuar com esse papo, mas anotar eu não vou. Eu estou aqui como uma imbecil, anotando, e de repente descubro que esse papo todo você está inventando na hora. Não se pode negar que é um sujeito de imaginação. Se não fosse tão preguiçoso e realmente escrevesse suas coisas, se poderia dizer até que tem talento. (*Pausa e ela fala com uma calma forçada.*) Eu tava perguntando era se você também publicou a tal "ideia" da novela. O drama da sua geração que era uma novela de televisão.

ELE: (*desfazendo calmamente a bola de papel e começando ele próprio a anotar o que fala*) — É por isso que eu prefiro aquele sistema lá de Minas, a gente mesmo se entrevistando. Esse pessoal confunde tudo.

Ele passa a se dirigir especificamente a ela.

ELE: (*com uma paciência intencional, forçada*) — A novela é você quem vai publicar pra mim. Quando sair esta entrevista aqui, ela estará publicada. Porque a ideia da novela exige uma outra estrutura. Imprensa marginal não dá. Estamos numa civilização de massas, querida. E novela é cultura de massa. A ideia da novela tem de sair em grande tiragem. Qual é a tiragem do teu jornal no domingo? Vai sair num domingo, não vai? É no domingo que as pessoas leem esses cadernos de frescura dos jornais. Elas passam os olhos por cima, na praia, entre um mergulho e outro, um picolé, uma limonada. Vá lá que elas não prestem muita atenção. É capaz até de eu ir à praia nesse domingo. Você me avisa quando, não avisa? Eu quero ver as pessoas me lendo. Será ali, na Montenegro, o ponto da praia onde se encontram, simultaneamente, os atores e o público das novelas. E também eu estarei lá. Eu, o criador deles — atores e público da "minha" novela —, também estarei lá, como um terceiro polo catalisador, um terceiro nível. E eles, depois de verem o meu retrato e o meu papo no jornal, subitamente me reconhecerão e pelo menos uma dúzia deles poderá se iluminar. Porque vai sair meu retrato, não vai? E o fotógrafo? Cadê o fotógrafo? Manda ele aqui amanhã e eu posarei à minha janela, ou seja; o cenário da minha obra conceitual sobre a televisão e o seu público. E você põe lá, na legenda: Carlos Santeiro e sua paisagem.

ELA: (*meditativa*) — Carlos Santeiro debruçado sobre a paisagem onde se movimentam seus personagens.

ELE: (*excitado*) — Isso, isso! E a tiragem? A tiragem do teu jornal no domingo?

ELA: — Trezentos mil!

ELE: (*cada vez mais excitado e gesticulando pela sala*) — Sim, trezentos mil. Em vez de uma reles publicação de uns cinco mil exemplares pela Civilização Brasileira — pois é ali que se publica a vanguarda engajada —, nada mais nada menos que trezentos mil exemplares espalhados pelos apartamentos e praias do Rio de Janeiro. Garotos apregoando o teu jornal e o meu nome para mulheres queimadas de sol, atrizes, públicos, suburbanos querendo se atualizar, ratos de praia, jogadores de frescobol, banhistas, afogados expelindo uma última gota de baba, homens-pássaros desgarrados, sim, todos eles, até o último deles, ouvindo meu nome sendo cochichado, vendo o meu retrato e lendo minhas palavras.

Ele faz uma pausa e vai até a mesinha, pega a garrafa, mas não enche o copo, e sim, pensativamente, mantém a garrafa nas mãos.

ELE: — E fora a maravilhosa margem do acaso. O acaso necessário, de André Breton. Pensa bem, essa ideia fermentando por tanto tempo em minha cabeça, mas eu lá, paciente, aguardando o momento do ataque, como um vietcongue por dois anos em sua catacumba à espera dos *marines*. E de repente chega esse momento e ele lança um magnífico obus. É isso a obra de vanguarda, minha querida: um obus que se lança num momento inesperado e espalha por todos os lados os estilhaços da revolução. Neste momento, em sua tumba, Oswald deve estar a sorrir; Ionesco, em seu prematuro mausoléu, deve estar se arrependendo de ter aderido à Academia; Jarry, no paraíso, ergue mais um brinde em minha homenagem; Beckett, em seu retiro espiritual, pigarreia, emocionado.

Ele se aproxima dela com um ar de desejo. Ela recua um pouco nas almofadas, mas ele toma-lhe a mão e a beija.

ELE: — Sim, como um guerrilheiro de tocaia, à espera do seu momento. Até que você ligou para mim e desde o primeiro instante eu soube. E falei comigo mesmo: essa é uma dessas mulheres que, literalmente, fazem um artista. Dessas mulheres que, como esteios, o amparam no momento cataclísmico da criação. Dessas mulheres que...

Ele se joga contra ela e, como um gato, põe a cabeça em seu colo. Algo sufocada, ela tenta nervosamente abrir a bolsa para tirar algo lá de dentro.

ELE: — Dessas mulheres que nos põem no colo nos instantes da impotência artística mais absoluta, mas que, como a calmaria, podem ser o prenúncio da grande tempestade. Porque, de repente, aquele cérebro murcho, gosmento, paralisado, do escritor, pode ter nada mais nada menos que... UMA EREÇÃO!

Ao pronunciar, com um grito, esta última palavra, ele levanta a garrafa com o bico para cima. Simultaneamente, ela consegue abrir o fecho da bolsa e tira, num gesto brusco, um objeto lá de dentro. Assustado, ele levanta até o alto as duas mãos, como se tivesse apontado contra si um revólver. Recuperando-se do susto e descendo lentamente os braços, ele tem agora a sua frente um gravador, cujo microfone ela colocou junto à sua boca.

ELA: — Continua.
ELE: — Continua o quê?
ELA: — A entrevista.
ELE: — Que entrevista? Agora eu estava falando seriamente com você.
ELA: (*começando a falar delirantemente, como ele fizera antes*) — Mas é exatamente isso. Isso tudo que você está falando. De repente me dei conta de que estava diante da grande reportagem da minha vida. O romancista enlouquecido, impotente e alcoólatra, a falar não para a reportagem, e sim destilando o veneno mais íntimo das suas entranhas. Simultaneamente um libelo contra e a favor da arte literária. Ou da arte cênica. Sim, a grande matéria da minha vida para o segundo caderno. Não mais o trivial simples e o blá-blá-blá de sempre quando tanto faz entrevistar o Pedro Bloch ou o Arrabal que eles responderão que começaram a escrever porque tinham um compromisso com o "homem" ou porque um impulso irresistível tomou conta deles e que "aquilo" tinha de sair, ou então porque pretendiam retra-

tar os dramas humanos primordiais como o amor, o conflito e a morte. Sim, matérias refundidas por um redator e onde tanto faz entrevistar o próprio Sófocles ou aquele dramaturgo nacional que escreveu, no Brasil, uma tragédia grega que os países do realismo socialista adoram encenar.

Não, Carlos, pela primeira vez eu sinto que tenho diante de mim a verdade. A verdade de um autor é a sua farsa, uma farsa tão autêntica que se transforma em realidade. Eu não estou fazendo agora uma simples entrevista, mas uma entrevista "Prêmio Esso", uma verdadeira obra de arte nos teus próprios moldes, Carlos; a própria vida enquanto peça de teatro. E depois da "Televisão" e do "Balcão", só mesmo o "Entrevistão", que nós, Carlos, estamos realizando a duas bocas e quatro mãos.

Com um jeito promissor, prostituto, tentador, ela chega bem juntinho dele, enquanto acaricia o microfone que tem em suas mãos e junto à boca dele.

ELA: *(num tom de aliciamento, bajulação)* — Você disse que, ao falar comigo pelo telefone, soube desde logo que estava diante da mulher da sua vida. E eu, Carlos, de minha parte, senti desde o primeiro momento, pelo teu ar ausente e tua voz grave, marcando a entrevista a esta hora em teu apartamento, que estava diante de um gênio. Um gênio que, "como um guerrilheiro em sua catacumba", aguardava apenas a oportunidade de saltar para fora e lançar seus estilhaços para o mundo. E eis que é chegada essa oportunidade: essa oportunidade sou eu. Porque nós, através do teu delírio e do meu gravador e das minhas perguntas, escreveremos o grande drama da nossa geração. O que é a nossa geração senão um elo especial na cadeia da evolução da espécie e das sociedades e cuja característica maior é uma tentativa desesperada de ajustar-se ao caos e à loucura circundantes? E o que podemos fazer senão encarnar esse próprio caos e essa própria loucura? E por isso, paradoxalmente, somos lúcidos, Carlos, como talvez não o tenha sido nenhuma geração. E, sim, com o teu delírio e o meu gravador estaremos captando a fluência espontânea desse fenômeno. Então vamos lá, Carlos, continue. Responda-me a mais uma pergunta: por que você escreve?

Pausa e depois ele faz uma pose de artista.

ELE: (*empostado*) — Porque desejo retratar os dramas humanos primordiais como o amor, o conflito e a morte.
ELA: (*desligando o gravador e sentando-se, emburrada, nas almofadas*) — Porra, assim não dá.
ELE: — Que que você quer que eu faça? Com esse gravador na minha boca eu fico inibido. O negócio fica muito "entrevista". E você sabe que eu nunca dou entrevistas. Tem um escritor mexicano amigo meu que me disse que nesse negócio a gente tem de ser radical. Nesses troços de entrevista ou coquetel, ou a gente dá todas, vai a todos, ou não vai a nenhum. E eu sou dos que não dão nenhuma. Só aceitei esta porque gostei da sua voz ao telefone e então queria ver o resto.

No final desta última frase, ele faz um gesto descrevendo as curvas dela.

ELE: — O pessoal lá em Minas costuma dizer que o maior motivo por que a gente escreve é pra comer as mulheres. Você quer saber o motivo por que eu escrevo, então grava aí: é pra comer as mulheres, pra elas gostarem de mim. E sua voz me despertou curiosidade, então quis comer... ou melhor, quis ver o resto.

Ela abre a bolsa e faz menção de levantar-se e guardar o gravador.

ELA: — Quem você tá pensando que eu sou?

ELE: (*num tom de voz romântico*) — Mas aí você chegou e eu vi que estava diante de alguém que fazia soar espontaneamente as cordas da minha harpa interior. Que, com você, eu seria capaz de desperdiçar, ou melhor, de passar os melhores anos da minha vida. Com você eu seria até capaz de esquecer os cavalos; você vê, não ouvi mais nenhum páreo. Quando você tocou a campainha e eu abri a porta, compreendi pela primeira vez o que era amar: que amar não era olhar um para o outro, e sim desfibrar fibra por fibra. Que amar...

Despistadamente, ela vai armando de novo o gravador.

ELE: — Que amar era nunca ter que sentir saudade, ou melhor, nunca ter que pedir perdão. Amar era comprazer-se nos gestos simples do cotidiano, como ir juntos a um supermercado ou criar um gato dentro de um apartamento ou plantar samambaias e vê-las crescer como um sentimento que se rega diariamente para não deixá-lo fenecer. Amar era sair pelo Parque do Flamengo num dia de verão, colhendo flores e observando, comovidamente, a aproximação de um Electra no aeroporto Santos Dumont. Amar era assistir, de mãos dadas, um Fla-Flu, mesmo um torcendo pelo Fla e o outro pelo Flu.

Ela põe nervosamente o microfone do gravador junto à boca dele.

ELE: (*passando as mãos na testa, como um aluno que quer lembrar-se de uma resposta num exame oral*) — Amar era, amar era... (*ele deixa cair os braços, desanimado*)... Não tem jeito, assim não dá. Assim, com esse gravador e eu de cara limpa, não dá.

Ele se encaminha até a mesinha para servir-se de outra dose.

ELA: — De cara limpa? Você já tomou quase uma garrafa de vodca e chama isso de cara limpa? Então vá lá uma pergunta, Carlos Santeiro; de gravador e tudo. Qual é a sua verdadeira dose? A dose em que você transborda?

Ele toma o microfone e, muito à vontade, num jeito relaxado de jogador de futebol falando para o rádio, responde com visível satisfação.

ELE: — Foi uma noite de 1975, em Belo Horizonte. Fazia frio e isso era a meu favor. O recorde da galeria do Maletta estava em poder do Miltão. Duas garrafas de Old Eight em cinco horas. Havia também o recorde de cerveja, que fazia muito tempo estava com o Fernando Brant. Mas esse não me interessava, eu queria ir logo na categoria mais importante, a de bebida destilada. E nesse dia eu me senti no auge da minha forma: fazia frio e eu estava bem, física e psicologicamente. Eu tinha jantado bem porque estava casado outra vez. Mais do que isso, eu me casara com uma mulher organizada e compreensiva. Me dava comida em casa e até me deixava sair depois.

Ele vai adquirindo um ar lírico, sonhador.

ELE: — Eu nunca vou me esquecer daquela noite. Comi um bife grelhado com arroz, salada e batatas cozidas, um verdadeiro almoço de atleta. E na véspera eu me concentrara tomando dois Diempax para dormir bem. E no momentinho mesmo de entrar em campo, tomei um Litrison. Era receita de um diplomata amigo do meu pai. Fora isso, eu estava contente. De repente percebera que gostava de viver. E foi assim que atravessei os Portões Monumentais do Edifício Maletta. Com a confiança dos que sabem que vão vencer. Você sabe, aquela confiança do Zico, por exemplo, quando ele "sabe" que vai converter uma falta. Quando ele está seguro de si. Porque, do contrário, ele perde. E foi com esse pensamento positivo que eu entrei no bar: "Vou, quebrar aquele recorde e saio gloriosamente de Belo Horizonte". E durante cinco horas bebi duas garrafas e meia de Old Eight. Você sabia que foi por isso que eu saí de Belo Horizonte?

ELA: (*tentando tirar o gravador dele*) — Não, não sabia. Mas pera aí que eu tenho que trocar...

ELE: (*ignorando e segurando firme o microfone*) — Eu queria deixar Minas no auge. Eu já era considerado um dos grandes escritores do meu estado, às vezes cochichava-se nos bares que eu era "o melhor". Mas você sabe como é, se você continua por ali dando sopa nos lugares, as pessoas vão te desvalorizando. Eu bebia muito, conversava com todo mundo, transava com qualquer mulher, tava virando figurinha fácil. Então quis sair assim: no auge da literatura e da boemia. Para que as pessoas nunca se esquecessem de mim. Para que as pessoas se lembrassem de mim assim:

Ele imita as vozes de duas pessoas conversando.

1ª PESSOA: — "Porra, o Carlos Santeiro. Você se lembra daquele porre do Carlos?"

2ª PESSOA: — "Qual, aquele em que ele queria trocar as estátuas da cidade de lugar e mijar nos jardins do palácio?"

1ª PESSOA: — "Não, aquele do recorde. Duas garrafas e meia de Old Eight em cinco horas."

ELE: (*voltando à sua voz normal*) — Sim, e com um monte de testemunhas, inclusive o seu Olympio, garçom lá do Lucas. O seu Olympio, que é um sujeito incorruptível. Ele é espanhol, de uma família de anarquistas que fugiu da Espanha depois da Guerra Civil. É um cara de uma firmeza de caráter tão grande que guardou durante vinte e cinco anos uma garrafa de vinho finíssimo para beber com os amigos no dia da morte do Franco. E, sim, foi uma bela festa, como se toda a cidade se irmanasse com ele naquele instante de júbilo. Até o DOPS compareceu, mas resolveu não intervir. Era um assunto de política externa, concluíram, depois de um monte de caipirinhas e muita parlamentação.

ELA: — Viu? Basta você ser espontâneo que a coisa sai legal. Até segurou o microfone. Só que a fita tinha terminado, eu bem que tentei avisar. Mas não tem importância, serviu pra você esquentar. Agora a gente muda a fita e faz a entrevista de uma vez por todas.

Olhando o relógio, ela começa a trocar a fita do gravador.

ELE: — O quê? Não gravou o meu recorde? A gente dá um murro desgraçado para bater um recorde e falar sobre ele e as pessoas nem ligam o gravador. Quer saber de uma coisa? Vou ligar o rádio e ouvir o último páreo.

Ele vai sentar-se à poltrona e começa a mexer no rádio, resmungando, emburrado.

ELE: — Se você quiser gravar, grava, o problema é seu. MAS EU VOU OUVIR. Um dia acertei uma exata assim no último páreo. Era um cavalo do J. Ricardo, um azarão. Ele tinha largado mal, mas...

ELA: (*olhando de novo o relógio*) — Tá certo, homem, mas não é isso que eu preciso gravar. Se você quiser, eu volto outro dia. Que que eu vou fazer com essa fita lá na redação, entregar na seção de turfe?

ELE: (*ofendido, com uma voz teatral, imitando rapaz de su-*

búrbio metido a malandro) — Pô, assim você tá me cortando. Que coisa mais careta esse negócio de entrevista. Você sabe que eu nunca dou entrevista. Abri uma exceção pra você e é assim que você me agradece? Pô, a maior ingratidão.

ELA: — Tá certo, não precisa se aborrecer. Quer que eu grave, eu gravo.

Ela liga o gravador e, displicentemente, deixa-o perto dele e do rádio. Enquanto ele acerta o volume, ela senta e começa a folhear de novo o livro, ao acaso.

ELE: — Não foi você mesma quem falou em espontaneidade, "a fluência espontânea de um fenômeno"? Então não dá pra voltar atrás. Porque o fluxo não para. Os leitores querem saber a história da minha vida? Pois muito bem: a história da minha vida é eu bebendo aqui neste cubículo e os cavalinhos correndo o meu destino lá no hipódromo. Eis a *story of my life*.

Nesse momento o rádio está transmitindo os preparativos para a largada do último páreo da noturna no Hipódromo da Gávea.

ELE: — O que precisa na vida um ser humano para não cair no tédio mais absoluto?

ELA: (*bocejando*) — O quê?

ELE: — Emoção, menina, emoção. Esta emoção pode vir do amor, do sexo, do adultério, dos esportes, dos perigos, da arte, do jogo. Mas tem de vir. Se não um ser humano definha e morre, afogado no líquido viscoso do tédio que ele próprio exala. Veja, por exemplo, as pessoas que aí estão (*ele aponta para a plateia*). Porque não conseguem viver consigo mesmas dentro de suas casas, vêm ao teatro em busca de um pouco de excitação. Estão aí, impacientes, à espera de que eu e você caiamos nos braços um do outro na cama. E nós lhes daremos isso, não daremos, meu amor? Antes só um pouco mais de papo-furado e mais um pareozinho. Porque é precisamente isto que os cavalinhos nos dão: emoção. Você precisa ver a turma que frequenta lá o hipódromo: os carentes, os muito gordos, as velhinhas, as viúvas, os aleijados, os solitários. Você precisa ver, principalmente, o pessoal na fila da dupla exata: o guarda de trânsito, os lavadores de carro, os vendedores de cachorro-quente, os excritores, com x, a fauna toda. Esperança de enriquecer? Não, ninguém enriquece com uma reles dupla exata, ainda que ela pague os tubos. Emoção e ilusão, menina, é isso que eles buscam, os deserdados de toda espécie. E era precisamente como eu me sentia depois que parei de publicar livros, um deserdado. Olhava pra mim mesmo no espelho e perguntava: quem é você? Eu tinha começado a escrever por causa disto: para dar a mim próprio uma identidade: Carlos Santeiro, escritor.

ELA: — Eu pensei que você tinha começado a escrever para comer as mulheres.

ELE: — Sim, mas pra você comer as mulheres você precisa de uma identidade qualquer. Ou então ser bonito. Eu não sou bonito, então tenho de ter uma identidade, um nome. Caras como Mallarmé, Cummings, Pound já trazem no nome a própria poesia. Pense bem neste nome: Edgar Alan Poe. Você acrescenta um *t* e tem a palavra *poet*. Ou Fernando Pessoa. *Persona*. Esses todos são predestinados desde o nome. Agora, Carlos Santeiro, o que é Carlos Santeiro? Um nome vulgar, vazio, um nome de catálogo telefônico. Então era preciso acrescentar-lhe uma substância qualquer. Por isso eu me tornei "Carlos Santeiro". (*Ele pronuncia seu próprio nome com imponência.*)

ELE: (*falando mais distraidamente, porque o páreo começa a correr e ele presta atenção ao rádio*) — Mas quando eu parei de publicar, percebi que voltava a ser nada. Apenas Carlos Santeiro (*ele pronuncia seu nome com desdém*). Fora isso, havia o perigo de que esse meu desvario, que antes era canalizado para os livros, me levasse à loucura. Então era preciso dirigi-lo para uma outra coisa qualquer. E foi aproveitando essa disponibilidade de tempo e de raciocínio que eu comecei a jogar nos cavalos. Aquele dinheiro todo em jogo ali nas patas dos cavalinhos, numa reta final. Carlos Santeiro, esta é a sua vida: uma reta final. Você perdendo terreno, mas tocando com o chicote.

Ele imita um jóquei tocando um cavalo com o chicote, enquanto, através do rádio, acompanha os cavalos contornando a curva de chegada e entrando na reta final. À medida que o páreo vai chegando ao fim, ele se põe a gritar, transtornado.

ELE: — E dá-lhe, Pereira. E dá-lhe Pereira. E dá-lhe Pereirinha...

Os cavalos cruzam o disco e ele começa a gritar, sacudindo o bilhete da dupla exata numa das mãos, enquanto ela o olha, assustada.

ELE: — Eu não disse? Não disse que era barbada? Era uma dupla pra jogar e ficar logo esperando na fila do pagador. E essa exata dá no mínimo uns cem. Sim, é uma dupla pra cem.

Acalmando-se, com uma expressão vitoriosa, ele dá um beijo na testa dela.

ELE: — Acertei, menina, acertei. Você sabe o que significa isso?
ELA: — Que você acertou.
ELE: — Mas que resposta mais chocha. (*Ele a imita*) "Que

você acertou." Não tem entusiasmo, tônus vital? Eu estou jogando meu próprio aluguel e sua reação é apenas essa? Essa dupla significa que eu vou morar mais um mês. Senão, podia até me suicidar. Deixar você aí com esse gravador e sair ali pela saída de emergência (*ele aponta o banheiro*) que nem a mulher do meu amigo na peça do meu outro amigo. Sim, ia ser mesmo a maior reportagem da tua vida: "O suicídio do autor". Uma reportagem prêmio Esso, mas à custa de quê? À custa da minha própria vida, esses jornalistas são uns insensíveis. Mas eis que, de repente, gira a roda da fortuna e tudo se transfigura. Subitamente é como se eu houvesse tomado uma injeção, e sinto a energia que começa de novo a corroer, ou melhor, a correr em minhas veias. Significa ainda mais: que os astros estão a meu favor. Sinto até o pressentimento de que posso voltar às canchas.

ELA: — Você também está pensando em correr?

ELE: (*ignorando a ironia*) — Às canchas literárias, mulher. De repente sinto-me pleno de fôlego e criatividade para escrever do princípio ao fim um poema, um romance, uma epopeia. Sim, a epopeia da minha geração! Uma pitada de política...

Ele vem até a beira do palco e empunha falsamente uma metralhadora, imitando o seu matraquear diante do público.

ELE: — "Te segura, Che, que los liquidaremos a todos, los perros fascistas". Uma pitada de *rock and roll*.

(*Imediatamente faz da falsa metralhadora uma falsa guitarra e imita freneticamente um cantor de rock.*)
De repente para e se deita imóvel no chão, com as mãos cruzadas no peito.

ELE: — Uma pitada de psicanálise. "Doutor, o problema

da minha infância é que eu não tive jaca, nem jararaca, nem jabuticaba. Eu queria a mãe e me davam mel. Eu queria o céu e me davam fel. Eu queria as garotinhas e me davam ladainhas e salve-rainhas. (*Começa a requebrar o corpo, imitando uma relação sexual atingindo o clímax.*) E foi por isso que eu fiquei assim... assim... ah... assim... ah..."

ELE: (*levantando-se num pulo*) — Sim, era o que faltava. Uma pitada de sexo. Mas agora *au travail*, como diria Balzac.

Ele se dirige rápido para a mesa, põe o papel na máquina e começa a bater febrilmente.
Depois de algum tempo, levanta-se, arranca o papel da máquina, faz uma bola e atira ao chão.

ELE: — Infelizmente está sem fita. Imperdoável para um profissional. Nos meus bons tempos isso jamais aconteceria. Mas não tem importância: usemos o gravador. Tecnologia, é disso que precisamos na arte de hoje. Ditarei minha obra para o gravador. Para um homem criativo, qualquer meio e qualquer gênero servem: poesia, romance, entrevistas e até teatro. Que coisa fácil, o teatro: eu estou aqui bebendo e ouvindo as corridas, você toca a campainha, eu abro, você entra, eu sirvo uma dose pra você, você liga o gravador, respira fundo e pergunta:

ELA: (*ligando o gravador e respirando fundo*) — Por que você parou de publicar, Carlos Santeiro?

Ele senta-se à poltrona, assume uma posição séria de intelectual sendo entrevistado e depois de uma pequena pausa, quando parece meditar profundamente, responde.

ELE: — Porque parei de escrever, é claro.
ELA: — E por que você parou de escrever?

ELE: — Perdi o tesão. Eu ia começar um livro qualquer e vinha na minha cabeça, por exemplo, um início assim:

Ele pega o copo e bebe um gole com uma expressão de asco.

ELE: — "Ele tomou mais um gole e sentiu na boca o gosto péssimo da vodca barata. Diante de si estava aquela jovem que o atraía e que, com um olhar inteligente, aguardava que ele dissesse qualquer coisa, para beber em suas palavras. Mas o que dizer? Ampliariam as palavras o universo ou o limitariam? Sim, escrever era talvez traçar um limite. E valeria a pena traçar esse limite? Não seria melhor, talvez, deixar que as coisas, o tempo, as pessoas, apenas seguissem seu curso? Enquanto ele se mantivesse em silêncio, a mão suspensa sobre as teclas que poderiam manchar a página branca e traçar sobre ela tal limite, subsistiriam ainda intocadas todas as possibilidades possíveis. Essas possibilidades eram como sulcos que poderiam ser traçados por sua imaginação de artista. Mas ele hesitava..."

Durante este tempo, respirando fundo, ela o olha com admiração.

ELE: (*olhando-a fixamente, com um olhar lúbrico*) — "Enquanto isso, os seios dela arfavam de expectativa. Seriam daqueles pontudinhos, os seios, ou daqueles redondos? Iguais a peras ou a maçãs? Talvez ele devesse simplesmente desistir das palavras e levantar-se e, como uma criança pura, suspender a blusa dela e tocar naqueles seios, olhá-los longamente, mordê-los, em vez de descrevê-los."

Durante estas últimas palavras, ele fora se aproximando dela até quase tocá-la com uma das mãos, enquanto com a outra segu-

rava uma garrafa que pegara sobre a mesinha, sem perceber que estava vazia. Com uma expressão prometedora de entrega, ela o deixa aproximar-se.

ELA: — É isso, Carlos, é isso. Os gestos, em vez das palavras. Ou melhor: as palavras que descrevem com precisão esses gestos que são melhores que as palavras. Eu fiquei toda arrepiada, passa a mão no meu braço, só pra sentir. E excitada também. E se um texto provoca uma reação assim é porque ele é bom. Escreva-o, Carlos, escreva-o para mim.

Quase ao tocá-la, ele se afasta bruscamente, enquanto deixa pender para baixo o bico da garrafa vazia, que depois ele larga sobre a mesinha.

ELE: — Não, não dá mais. Perdi o tesão. Perdi o tesão desde o dia em que percebi o quanto as palavras eram falsas, tão falsas quanto esta vodca aqui (*ele começa a servir-se de mais uma dose*). Que, uma vez descrito em palavras, um seio deixava de ser um seio. Numa folha de papel, um seio só podia mesmo "arfar de expectativa". Que o seio não era o seio, a vodca não era a vodca e mesmo o gosto péssimo na boca deixava de ser o gosto péssimo na boca para tornar-se apenas a frase "um gosto péssimo na boca" escrita numa folha de papel. E até mesmo as sensações mais concretas como esse gosto péssimo na boca deixavam de ser uma sensação qualquer porque se procurava agarrá-las pelo rabo, utilitariamente, para transformá-las num texto literário qualquer. E o que dizer, então, das sensações mais sutis e perfumadas, como o amor e o desejo? Algo que antes era tão vital quanto o desejo formigando entre as pernas passava mesmo a ser uma "sensação sutil e perfumada". Só teria sentido se a gente abdicasse logo de uma vez por todas da vida e a substituíssemos pelas palavras.

Ele se torna pensativo por um instante.

ELE: — Ou vice-versa, tanto faz. Abdicar das palavras e fazer da vida um livro não escrito que se escreve a cada momento.

ELA: (*aproximando-se dele, oferecendo-se, acariciando os próprios seios*) — Mas e os gestos, Carlos? Faça ao menos os gestos. Serão como peras ou como maçãs?

ELE: (*voltando ao mesmo tom de voz de quem lê, num sarau, uma narrativa*) — "Não seriam os gestos do amor também uma limitação, um empobrecimento do seu universo erótico e imaginativo, onde tudo lhe era permitido? Tais dúvidas o paralisavam numa impotência quase catatônica que, gradativamente, o transformava num morto-vivo. Só mesmo as corridas de cavalos e o álcool ainda conseguiam arrancar dele um gesto objetivo. E aqueles lampejos delirantes, as palavras, as constelações infinitas, combinatórias, de palavras, se ainda continuavam a assaltá-lo por todos os meandros mais ínfimos do cérebro, ele não mais as registrava, deixando que aquelas constelações apenas o trespassassem como numa chuva candente de meteoritos, num texto não escrito ditado das profundezas mais profundas. E ele simplesmente deixaria fluir o fluxo e, egoisticamente, seria o único a desfrutar dele. Ele próprio seria o único leitor, o único ouvinte, daquele drama se desenrolando em circuito fechado em seu íntimo."

ELA: (*deixando-se cair nas almofadas, desanimada*) — Sim, um impotente catatônico, você disse bem. Pra não dizer "broxa".

ELE: (*falando para o público, com voz de machão*) — Em literatura, meu bem. Em literatura. Espera mais um pouco que você vai ver.

ELE: (*mudando para um tom melancólico*) — Antes eu diria pra ela uma coisa dessas e anotaria tudo num bloquinho, para compor um diálogo. Mas não adianta: se escrevo um texto sério, me acho um chato; se escrevo um texto lírico, me acho um babaca; se escrevo um texto cômico, me acho um palhaço; se escrevo um texto político, me acho um mistificador.

ELA: — Eu, eu, eu... Você não sabe conjugar o verbo noutra pessoa? Já pensou em escrever para os "outros"? Para o povo, por exemplo?

Ele se põe a rir histericamente, entre lágrimas, mas um riso forçado, de bêbado, de ator.

ELE: — Essa foi a melhor piada da noite. Ou melhor, foi a única piada. Você sabe o que é pior que um cara da classe média escrevendo para a classe média?

Pausa e ele mesmo responde.

ELE: — Um cara da classe média escrevendo para a classe operária, para o povo.

Pausa.

ELE: — O problema é que eu não acredito mais, entende? Todos os diálogos são falsos, todos os livros são falsos. Tão falsos quanto este riso aqui (*ele imita o próprio riso histérico anterior*). Um riso desses a gente só ouve no palco. Todos os diálogos são falsos, todos os livros são falsos e eu estou ficando velho. Só consigo ler livro antigo, livro clássico. Eles também são falsos, mas de uma falsidade que convence, porque no contexto em que foram escritos essa falsidade era autêntica. Uma falsidade repleta de condes e marquesas conversando à hora do chá. Porque naquela época os condes acreditavam em marquesas, as marquesas acreditavam em condes, e o público adorava condes e marquesas.

Além disso, bebia-se chá. Está aí, eu não acredito num romance sem chá. Ainda bem que a palavra "chá" acaba de entrar nesta história aqui. Mas por isso tudo eu só consigo ler os clássicos. Porém o que eu mais prezo hoje em dia é o silêncio — não escrever, não ler — e as corridas de cavalos. Nas apostas nos cavalos existe todo o exercício de que um cérebro humano necessita: é lúdico, emocionante, imprevisível, desafia a inteligência como um jogo de xadrez em que o acaso também tomasse parte. Mas o silêncio é ainda melhor, porque nele está contido tudo. Me cansei até da ironia e da grande frase. Esta frase, por exemplo: "Me cansei da ironia e da grande frase". Me cansei de denunciar as coisas, de ser contra, de estar com raiva. (*O tom de voz dele começa a ser cada vez mais de raiva*). Estou falando por falar, porque você está aqui e isso me provoca. Mas acho que o mundo está perfeito, é o que é, o que tinha de ser, nada existe a ser revelado ou denunciado. Dos artistas modernos, os que mais admiro são Marcel Duchamp e Rimbaud (*nesse momento ele está gritando, descontrolado*), porque eles se calaram no momento certo. Viu? Porque eles se calaram!

ELA: — Esse seu silêncio está algo gritado, propagandístico. Duchamp foi jogar xadrez com aquele seu sorriso enigmático de Mona Lisa de bigodes. E Rimbaud simplesmente se mandou para a África. Sem dizer adeus.

ELA: (*acrescentando para gozar a si própria*) — Departamento de Pesquisa!

ELE: (*mudando para um tom baixo, humilde*) — Vou confessar a você uma coisa que nunca confessei a ninguém. Aí você vai entender por que eu tenho que anunciar o meu silêncio. Quando terminei o meu último livro eu trabalhava em publicidade. Você conhece o meu último livro, não conhece?

ELA: — Não.

ELE: — Nunca ouviu falar?

ELA: — Não, nunca ouvi.

ELE: — Porra, as *Memórias antecipadas de Carlos Santeiro*, onde eu escrevia tudo aquilo que iria viver posteriormente, inclusive o meu silêncio de agora, que é também explicado a uma jornalista que o personagem come logo depois. Não conhece, não ouviu falar?

ELA: (*se fazendo de desentendida*) — Ah, antropofagia, conheço muito. Lá na Pesquisa uma vez me pediram uma matéria sobre a Semana de 22.

ELE: — Não, mulher, é o meu livro que eu perguntei, nunca ouviu falar?

ELA: NÃO!

ELE: — Pô, aquele livro que um crítico disse que "nele foram sintetizadas aquelas antíteses que não implicam em si mesmas uma contradição de termos". Que outro crítico disse "permitir ver e fazer ver, com os óculos do humor, a crueldade, a insânia, a loucura, o engodo e a violência do seu e do nosso mundo". Pô, você não leu nem as críticas?

ELA: — Não, não li.

ELE: — Não é possível, saíram nos melhores jornais. Jornalista não lê os jornais? Um outro crítico chegou a dizer que "mais que um simples romance ou depoimento, trata-se de um manifesto ficcional, onde se instaura uma liberdade de permutação entre a figura do narrador e o figurante da narração". E outro disse ainda que era "um livro absolutamente irreal, escandalosamente maravilhoso, irremediavelmente aventuresco". Você não ouviu falar nada disso? Nem nos bares? Pô, que bares você frequenta?

ELA: — Devem ser os mesmos que você, mas não ouvi.

ELE: — Nem sobre aquele outro crítico que afirmou que uma coisa que se podia dizer sobre as *Memórias antecipadas* é que, após elas, o romance como tal nunca mais seria o mesmo?

ELA: — Nem sobre esse.

ELE: — Então também não deve ter ouvido falar daquele outro que disse que "As memórias se prendiam a uma tradição recente, segundo a qual a escrita de um romance era a narrativa de como o autor assassina esse gênero literário".

ELA: — É, também não ouvi falar nesse.

ELE: — Então muito menos deve ter ouvido falar daquele crítico português que afirmou que "As memórias antecipadas eram como uma anticarta de Pero Vaz de Caminha em que os índios, de uma golfada, exigiam de El-Rei dom Manoel em particular, e da Europa, em geral, satisfações pela descoberta".

ELA: — É, muito menos nesse.

ELE: — Bom, deixa pra lá, isso não tem importância. O que interessam os críticos? Houve até aqueles que simplesmente disseram que o livro era uma merda. Para mim, no entanto, o que importava era que eu atingira o meu objetivo.

ELA: — Que objetivo, cara?

Pausa.

ELE: — Parar de escrever.

Pausa de efeito e ele mesmo continua.

ELE: — Sim, porque eu tinha conseguido chamar a atenção para o meu livro. Era um livro completamente desconexo, mas consegui enganar os caras. Então podia parar, pelo menos por uns tempos.

ELA: — Não vejo muita relação entre uma coisa e outra.

ELE: — Claro que você não vê. É que pra você entender direito por que eu parei de escrever, tem de me perguntar primeiro por que eu comecei a escrever. Pergunta por que eu comecei a escrever.

ELA: (*bocejando, falando mecanicamente e ajeitando-se nas almofadas, como se fosse dormir*) — Por que você começou a escrever?

ELE: (*assumindo a compenetração de um entrevistado*) — Porque quando eu era criança não jogava bem futebol nem tocava nenhum instrumento musical e, além disso, era feio. E é óbvio que tudo isso se traduzia numa tremenda carência afetiva. E o que me restava para matar essa carência? A literatura, meu bem. A literatura. Só me tornando um grande escritor eu podia fazer com que as pessoas gostassem de mim.

Pausa.

ELE: — E quando eu terminei aquele livro as pessoas começaram a falar de mim, as mulheres começaram a dar para mim, eu já podia entrar nos lugares sem me sentir um lixo qualquer. Então eu podia parar de escrever. Porque escrever, na verdade, sempre me encheu o saco. Você ali sentado sozinho enquanto todas as pessoas estão na rua se divertindo.

ELA: (*ajeitando-se ainda mais confortavelmente nas almofadas*) — Quer dizer que aí você parou de escrever e ficou tudo bem?

ELE: — Não, aí é que está o engano.

ELA: (*suspirando e fechando os olhos*) — Vai começar tudo outra vez.

ELE: (*como se refletisse consigo mesmo*) — Quanto mais as pessoas me elogiavam por causa do livro, mais estranho era o meu comportamento. Eu bebia demais, brigava com as pessoas, comecei a ter taquicardia e, por fim, uma úlcera. Uma úlcera naquele momento, poxa, em que eu estava ainda lambendo a cria, recém-saído de um parto. Naquele momento em que eu era apontado nos bares: "Aquele ali é o Santeiro". As mulheres vinham e passavam a mão na minha cabeça, estavam dando pra mim e eu ali, deprimido, pensando comigo mesmo: "Estou famoso, consegui enganar os caras, mas agora vou ter de provar para mim mesmo que posso escrever um livro de verdade". Porque as pessoas vêm, te afagam, mas imediatamente começam a te cobrar: "Como é, já está escrevendo outro?". Aí eu ia pra casa desesperado, sentava diante da máquina e nada. Eu queria escrever o grande romance da minha geração e depois, sim, eu podia parar em paz. Porque, no fundo, é isso que todo romancista quer: escrever o grande romance da sua geração e depois parar e gozar da sua glória. Mas a única coisa que eu conseguia botar no papel eram as marcas do meu suor pingando do rosto sobre a folha virgem. O suor do meu desespero e impotência mais absolutos. E quanto maior era a urgência, maiores também a impotência e o desespero. Pois eu só dispunha daquele tempo entre as sete e nove da noite, porque havia a agência de publicidade, a bebida, as mulheres — eu estava transando com três ao mesmo tempo —, as ressacas e o resto todo.

Pausa e depois ele fala num tom grandiloquente.

ELE: — E aí minha corda rompeu onde ela sempre rompe nos seres sensíveis.

Por causa do tom de voz dele, ela abre os olhos.

ELA: — Rompeu na alma, no coração? Você fundiu, foi para a Pinel?
ELE: — Não. Até que pegava bem numa autobiografia, mas a corda nos seres sensíveis — na humanidade em geral — rompe é no estômago.

Pausa e ele se dirige para o público: — "Mensagem política!"

ELE: (*prosseguindo*) — E lá estava eu, um autor em evidência, tomando antiácidos, soníferos e mingau na cama, na casa da minha mãe. Eu tinha três mulheres aqui no Rio e acabara na casa da minha mãe, em Minas Gerais. Foram uns três meses de repouso. Enquanto isso, a efemeridade da minha fama se esgotando. Então está certo, pensei: vou pelo menos aproveitar o repouso forçado para escrever o romance da minha geração. Para que quando eu voltasse e as pessoas perguntassem se eu estava trabalhando num novo livro, eu pudesse dizer: "Estou trabalhando no romance da minha geração".

Mas nada, eu mal conseguia levantar da cama. Estava tomando uma porrada de comprimidos e ficava com aquela sonolência gostosa dos irresponsáveis, dos que entregaram os pontos. Eu ficava deitado, lendo devagarinho romances antigos, daqueles com enredo, e ouvindo rádio. Foi aí que comecei a me interessar por corridas de cavalos. Porque ouvia tudo o que transmitia o rádio.

Ela está cochilando nas almofadas e ele se deita próximo a ela, de costas, sem vê-la, como quem se submete a uma sessão de psicanálise.

ELE: — Como é bom, depois que você se entrega. Eu só saía para ir ao psicanalista. Minha úlcera já nem doía mais, minha licença na agência já terminara, mas eu não queria sair dos braços da minha mãe e do psicanalista. Ah, meu psicanalista. Até hoje não sei dizer se voltei a Minas mais por causa da minha mãe ou mais por causa dele. Para retomar a "nossa" análise interrompida.

Ele se ajeita melhor, deitando a cabeça no colo dela.

ELE: — E foi aí, doutor, que eu comecei a ter aquelas sacações que me levaram ao *insight*. Foi aí que eu entendi que minha depressão vinha do sentimento de culpa por causa do meu sucesso. E que vir parar na casa da minha mãe era uma regressão infantil para expiar essa culpa no local e com a pessoa onde ela, a culpa, tivera origem. E então descobri o "outro" mas não menos importante motivo por que eu começara a escrever. Um motivo inconsciente. Meus crimes infantis, ligados a um amor incestuoso por minha mãe (*ele começa a acariciar as pernas dela, que ainda cochila*), haviam sido tão graves que eu me sentia como um assassino. E para expiá-los eu devia trabalhar arduamente, tornar-me alguém. E, como já disse, eu não jogava bem futebol nem tocava nenhum instrumento musical. Então só mesmo a literatura. Uma literatura repleta de culpa e isso explica por que as *Memórias antecipadas* eram um livro tão cheio de autoflagelações. Mas, por outro lado, eu fazendo sucesso, como fiz com as *Memórias*, não me julgava merecedor dele, o que agravava minha culpa. E o meu sucesso estava me destruindo através de um buraco no estômago!

Ele fala estas últimas frases num tom angustiado, de tortura íntima, e vai, aos poucos, se enroscando nela, numa posição fetal. Ela acorda e olha para ele espantada. Mas como ele prossegue num ritmo mais tranquilo, embora conservando a posição fetal, ela fecha os olhos outra vez.

ELE: — Mas um *insight*, você sabe, é algo diferente. Você não sabe essas coisas em separado, discursivamente, como eu acabei de contar. Esse discurso todo que eu fiz para o analista — e ele lá, em silêncio, apenas escutando — não passava de uma preparação. Não, na hora do *insight* tudo isso — a culpa, a regressão, o amor incestuoso, o sucesso etc. — te bombardeia simultaneamente. É uma síntese fulminante dentro da análise.

É como uma máquina registradora ou um computador: você bate os dados todos em separado e depois aperta um botão. E, no momento certo, surge a resposta. É como um *satori* dum monge nas montanhas do Tibete. (*Ele vai assumindo um tom de grandiosidade.*) Como se os sinos de uma catedral rimbombassem dentro de você. Como trombetas tocando a alvorada no Palácio do Governo. Como o Anjo Anunciador diante da Virgem Maria... E, mais do que em palavras ou pensamentos, tudo isso se manifestou em mim num simples gesto, uma única posição. (*Ele olha para si próprio e começa a falar mais alto ainda.*) E eu consegui ver a mim próprio ali no divã, como se minha mente, meus olhos, houvessem se destacado do corpo. E eu percebi que estava enovelado como um feto, havia voltado muito atrás, para nascer outra vez. E a resposta libertadora era aquela mesma: a posição fetal.

De repente, num salto, ele se põe de pé. Ela acorda assustadíssima, enquanto ele gesticula no meio da sala.

ELE: — E, SIM!, eu me desenrolei todo, me abri como uma flor, explodi num cogumelo fulgurante, igual à bomba atômica em Hiroshima.

Ele está desvairado no meio da sala.

ELE: — E você ri e chora ao mesmo tempo; está feliz e triste, mas essa nova tristeza — uma tristeza lúcida — em nada se parece com a depressão. E eu podia sentir, naquele instante mesmo, a alegre dor da minha úlcera se fechando para sempre no estômago, como se a bomba atômica, numa implosão, voltasse à sua densidade inicial. Eu estava curado.

Ele se acalma, vai até a mesinha, prepara uma dose para ele e outra para ela.

ELE: — Sim, já estava curado e podia me gratificar com o sucesso do meu livro. Foi só questão de arrumar meus bagulhos e dois dias depois eu estava de volta ao Rio. E na mesma noite em que cheguei fui ao Baixo Leblon e tomei um porre. Mas um porre alegre, de comemoração. E foi aí que conheci minha nova mulher.

ELA: — Porra, neguinho, quantas vezes você casou?

ELE: — Umas quatro ou cinco, não sei bem. Mas o que interessa é que depois do meu *insight* eu estava de novo apto, predisposto a amar, estava com sobras. Ela era uma piranha do Leblon, mas atrás de toda piranha existe um coração alquebrado à espera de um afeto genuíno, pensei. Além disso, não resisti quando falei que era escritor e ela perguntou: "Qual é o teu nome, garoto?". "Carlos Santeiro", respondi, "já ouviu falar?" "Muito", ela disse, "que bom te conhecer".

Hoje em dia desconfio que era mentira. Todo mundo me esquecera naqueles três meses na casa da minha mãe. Mas naquela noite eu queria acreditar. E, fora isso, ela passou as mãos em meus cabelos. Nunca resisti a mulheres que passam as mãos nos meus cabelos.

Ele senta-se junto dela, põe a cabeça em seus ombros, de modo que, quase instintivamente, ela se põe a acariciar os cabelos dele.

ELA: — E aí vocês casaram e foram felizes para sempre e você parou de escrever.

ELE: — Quem dera. Não, não foi tão simples assim. Eu estava feliz, certo. Mas ainda tinha recaídas. Quando a gente tem um *insight*, pensa que aquela euforia vai durar para sempre. Mas a vida continua, com seus altos e baixos, só que você a encara de um modo diferente; uma maior aceitação, digamos assim. Mas volta e meia tem umas recaídas. E nessas recaídas eu ainda pensava em escrever. Não mais o romance da minha geração, porque era um trabalho de fôlego e eu já havia começado a jogar nas corridas. Um vício, como a morfina, adquirido durante a doença e que nunca mais me abandonou. E a maior parte da minha energia intelectual, então, se canalizava para as corridas. Fora isso, eu estava mais ou menos feliz, estava amando e, nessas épocas, a gente não liga pra nada. E para escrever um romance de geração você tem de readquirir a raiva, a gana, o pique. Tem de esgotar o repertório de autossatisfação com os amores, o sucesso e o resto todo. Mas a gente estava morando no alto da Glória e eu comecei a achar bom ir à feira, ajudar minha mulher na cozinha, assistir televisão, plantar samambaias. Essas pequenas coisas que todo mundo curte quando está amando. Mas de vez em quando eu pensava: eis a situação ideal para um escritor maduro escrever, sem pressa, a sua obra. E comecei a escrever poesia.

Ele se põe também a acariciá-la e prossegue falando, num tom lírico.

ELE: — Ah, a poesia. Na poesia você pode captar a essência, a eternidade de cada momento, quase no instante mesmo em que você o vive. Este momento, por exemplo, entre você e eu. Mas há principalmente certos lugares, situações, que são em si a poesia. Basta você registrá-los. E aquela ladeira na Glória era um lugar assim.

Eles se juntam mais, se beijam, se afagam etc. Subitamente ele se afasta.

ELE: — Quer ouvir um poema que eu escrevi naquela época? É sobre uns passarinhos que a gente criava lá em casa.

Antes que ela possa responder qualquer coisa, ele se levanta e assume novamente a pose de "recitador".

ELE: — "Pássaros", poema de Carlos Santeiro.

O amanhecer, o crepúsculo
o ninho, o universo
do casal de pássaros
é a gaiola.
O pássaro, irracional
não tem, segundo os manuais
consciência de si próprio
espelho.

Neste momento ela tampa os ouvidos, para não mais escutar.

ELE: "O espelho, se existisse
na gaiola..."

Notando que ela não mais escuta, ele para.

ELE: *(falando alto)* — O problema da poesia neste país é que ninguém gosta de poesia neste país.

ELA: *(destampando os ouvidos)* — O que foi que você disse?

ELE: — Que todas as mulheres são assim. Só querem saber de você quando você publica um livro badalado. Um romance com enredo, desses que todo mundo lê. Um romance de geração, por exemplo. Se você vem com poesia, seu nome não sai no jornal, ninguém liga pra você, você não come ninguém.

ELA: — Então você largou a poesia, é claro.
ELE: — Mais ou menos. De certo modo foi ela que me largou. Aliás, as duas me deixaram simultaneamente: a poesia e minha mulher. Porque pelo poema que eu recitei, você vê que a felicidade me tornou um chato. Minha mulher se apaixonou pelo seu professor de ioga, que, além do mais, era motociclista. Era uma época em que as duas coisas estavam na moda: a ioga e o motociclismo. E a poesia não. Aí eu tive de tirar o time: da ladeira da Glória, do casamento e da poesia. Mas não tem importância, porque a poesia me deu alguma coisa. Pois da poesia ao silêncio — a perfeição do silêncio — é um pequeno passo. Eu já tinha tido o meu *insight*, não precisava provar mais a ninguém o meu talento, então me calei de vez. Porque o que eu sempre admirei mesmo foi o silêncio; sempre achei que as palavras quebram a estrutura primeira do universo, sua perfeição. O verdadeiro pecado original do homem foi a palavra. Foi a palavra que abriu a fissura entre o homem e a natureza, o homem e Deus.

ELA: — Nunca vi ninguém usar tanta verborragia para justificar o silêncio.

ELE: — É aí que está o problema. Quando eu terminei as *Memórias* eu trabalhava em publicidade. Então eu sempre tive medo de que este meu silêncio não fosse considerado como o silêncio de alguém que se calou porque já dissera tudo. O silêncio de um Rimbaud ou de um Marcel Duchamp. Mas o silêncio de um publicitário que broxou para qualquer outra coisa que não as virtudes de um sabonete. Você lembra daquele anúncio que ganhou um prêmio, aquele anúncio do rum?

ELA: — Não, queridinho. Se eu não me lembro nem dos livros, quanto mais dos anúncios. Sinceramente, minha memória não dá.

ELE: — Pois é, mas fui eu. A ideia inicial era botar um cara parecendo o Fidel Castro, numa pausa da guerrilha, na Sierra

Maestra, com a metralhadora numa das mãos e na outra uma garrafa daquele rum. Bebendo no gargalo. Era assim: *close* na Sierra Maestra; o matraquear das metralhadoras; silêncio e depois, ao fundo, aquela canção, *Guantanamera*. E depois *close* em Fidel com seu charuto característico; *close* na metralhadora; *close* no rum. Era perfeito, quase uma obra de arte. Mas aí os caras disseram que ia dar galho com a censura. "Então está certo", eu falei. Se não pode ser Fidel, vai Cortez mesmo, Colombo, Montezuma, Martín Fierro, Perón, um missionário qualquer. O mais importante era o fator histórico, o toque de *latinidad*, e o rum. Os caras disseram que eu estava ficando louco. "Então tá legal", eu disse: "Põe uma garota de biquíni num iate com um cara bronzeado bebendo aquele rum". "Genial", eles disseram. E aí o anúncio foi produzido e eu ganhei aquele prêmio.

ELA: — E o que o raio desse prêmio tem a ver com o teu silêncio?

ELE: — Eu queria parar de escrever no auge. Mas fiquei com grilo de que pensassem que era o auge da publicidade e não da literatura. Foi por isso que eu larguei a publicidade. E é também por isso que eu faço publicidade do meu silêncio. Para que ele não seja confundido com o silêncio de um publicitário.

ELA: *(irônica)* — O silêncio significativo de Carlos Santeiro. Um silêncio digno de Marcel Duchamp. Digno de Rimbaud. Digno de Carlos Santeiro. Isso está me cheirando é a preguiça mesmo. E se você não trabalha nem escreve, de que é que você vive? Das corridas de cavalos?

ELE: — Não, as corridas são apenas o meu alimento espiritual. Porque, fazendo as contas, eu tenho levado o maior prejuízo como todo mundo. Eu tenho vivido é de uma grana que mamãe me deu. Eu convenci ela de que precisava ficar uns tempos à toa pra escrever o romance da minha geração. Aí ela abriu uma caderneta de poupança pra mim. Você pode não ter lido, mas ela *leu* aquelas críticas todas sobre o meu livro. Eu levava todas elas pra minha mãe ler, menos as que não tinham importância. As que diziam que o livro era uma merda. Aí ela abriu a caderneta. O problema é que eu perdi tudo nas corridas. Se não fosse aquela dupla exata, não tinha nem o do próximo aluguel. E, das duas, uma: ou eu me suicidava, ou voltava para a casa da minha mãe e escrevia mesmo o romance da minha geração.

ELA: — Aposto como você escolheria o suicídio. Dá menos trabalho.

Subitamente ele muda para um tom compungido, provocando lágrimas nos próprios olhos.

ELE: — É, talvez. Mas de vez em quando eu sinto o maior remorso. Principalmente quando bebo. Eu acho até que é por isso que eu bebo. Por causa do remorso de beber com o dinheiro que minha mãe me deu pra eu escrever o romance da minha geração.

ELA: — Então você deve viver com remorso.

ELE: — É uma recaída do meu velho sentimento de culpa. Mamãe, poxa; ela acreditando em mim, me dando a maior força e eu aqui bebendo e jogando nos cavalos. E é por isso que às vezes eu penso em voltar às canchas e escrever o romance da minha geração. Mas aí eu ouço a voz tumular, invisível, do meu psicanalista dentro de mim (*ele imita a voz*): "Você não se dá trégua, rapaz. Que resgate é esse que você precisa pagar?". E aí eu fico na minha outra vez. Mas tem horas que eu quase cedo. Naquela hora, por exemplo, que eu sentei ali à máquina, sabe o que eu ia escrever?

ELA: — Sei. O romance da tua geração.

ELE: — Da nossa, querida, da nossa; eu não sou assim tão mais velho que você. Só que o romance da nossa geração ia ser...

ELA: — Uma novela de televisão.
ELE: — Não. Uma peça em um ato, um único, extenso e sufocante ato em que um escritor e uma jornalista falam, falam...
ELA: — Principalmente o escritor.
ELE: (*ignorando*) — Uma jornalista e um escritor falam, falam, dizem gracinhas, discutem, bebem...
ELA: — Principalmente bebem, sobretudo no que toca ao escritor.
ELE: (*prosseguindo*) — Discutem, bebem e, por fim, vão para a cama, como sempre acontece. Então, além do romance da nossa geração, é um romance entre pessoas da nossa geração. Pois temos que nos fazer justiça: uma revolução nós fizemos, a sexual. Agora todo mundo já pode trepar com todo mundo. E depois tchau, sem maiores grilos. Cada um para o seu lado, como gatos e gatas depois de uma orgia nos telhados.

Ele chega ao meio da sala e levanta solenemente o seu copo.

ELE: — O romance da nossa geração. Uma peça realista, mostrando ponto por ponto o que fizemos e falamos nesta noite. E nós a teríamos escrito juntos.

Ele baixa o copo e, por um momento, mostra-se preocupado.

ELE: — Ou será o contrário? Nós é que estaríamos condenados a viver, ponto por ponto, o que algum autor maníaco escreveu para que nós interpretássemos? Será que eu sou apenas um ator? Ou um personagem, como aquele meu amigo na peça do meu outro amigo?

Resolutamente, ele ergue o copo outra vez.

ELE: — Não, não é possível. Eu sou eu. Penso, logo existo. Sim, Eu. Eu escrevi esta peça. Quer dizer, NÓS. A sua parte é mais modesta, mas você a carrega com dignidade. Como dizia Tchecov, não existe papel secundário. Só é pena que você não tenha ligado o gravador o tempo todo. Haveria aí uma peça prontinha. Nós a teríamos realizado juntos e eu poria uma dedicatória assim: "Para mamãe". Ou melhor: "Para mamães". Porque uma peça escrita a quatro mãos teria de ser dedicada a quatro mães. Quer dizer, às nossas duas mães.

Neste momento, no centro da sala, eles tocam os copos um do outro e brindam.

ELES: — Às nossas mães!

Eles bebem um grande gole.

ELA: — Perfeito. Não faltaria também o toque edipiano, característico da nossa geração.

ELE: (*pensativo*) — Sim, mas talvez falte um toque ainda maior de atualidade, além de irmos para a cama na cena final. O que que você acha?

ELA: — Talvez um pouco mais de política. E a nossa entrevista, não se esqueça da nossa entrevista. Eu ainda nem fiz a minha pergunta.

Ela começa a mexer no gravador, enquanto ele olha para os lados, assustado. Depois ele chega até a porta de entrada e a abre de supetão, para ver se não tem ninguém escutando. A seguir verifica na cozinha, no banheiro, debaixo da cama etc.

ELE: — Estou estranhando essa insistência com a entrevista.

Para um cara como eu, que não está escrevendo nada, você faz perguntas demais. E se você não for jornalista? Se for da polícia, por exemplo?

ELA: (*imitando o tom dele na cena do banheiro*) — Paranoico. Sou como um ímã, todo escritor que aparece na minha vida é paranoico. Mas é claro que faltava também isto: paranoia. Seria impossível falar da nossa geração sem colocar um pouquinho de paranoia. Escuta aqui, você já foi preso alguma vez?

ELE: — Só uma, por quê?

ELA: — Te torturaram?

ELE: — Não, não precisou. Eu fui logo contando tudo. Os meus problemas com a censura. Tinham sido apenas por causa das palavras "abundante" e "Bucyrys Eire", aquela marca de escavadeira. E o título do meu conhecido livro — 69 — não se referia a práticas libidinosas, e sim ao singelo ano de 1969, quando o país "alçava voo rumo ao seu glorioso destino".

Ele começa a falar como se desse explicações a possíveis carcereiros.

ELE: — Está certo, houve também aquelas reuniõezinhas dos intelectuais pela anistia. Mas anistia é uma coisa pacífica, não é? Em armas eu juro que nunca peguei. Só em caneta e máquina de escrever. Juro.

Ele se dirige de novo a ela.

ELE: — Você entende, não é? Eu tinha que afinar. Eles estavam me ameaçando com um passeio daqueles de camburão. E eu pensava comigo mesmo: pronto, vão fazer comigo igual fizeram com aquele bispo de Nova Iguaçu. Vão me deixar nu em um terreno baldio, depois de me darem um monte de porrada e pintarem meu corpo com *spray*. Se não fizerem pior. Foi por isso que eu confessei.

ELA: — E aí, os caras?

ELE: — Eles compreenderam logo o erro. Eram da Delegacia de Tóxicos. Queriam era grana. Me pegaram bêbado andando pela praia e pensaram que eu estava nas coisas.

ELA: — E te soltaram.

ELE: — Soltaram, é claro. Também não queriam complicação com os Serviços de Segurança. Porque eles viviam de arrochar os traficantes e viciados. Pediram até desculpas, meio sem jeito. "A sobrevivência, o senhor compreende." Eu disse que compreendia, é claro: "A vida tá dura pra todo mundo" e coisa e tal.

Ela tira da bolsa uma carteirinha.

ELA: — Bom, não precisa se preocupar. Está aí, a carteira.

ELE: (*fingindo-se sobressaltado*) — Carteira de polícia? Mas o que foi que eu fiz?

ELA: — Carteira de jornalista, meu nego. Pra provar que eu sou da imprensa.

ELE: (*fazendo um sinal de recusa com as mãos*) — Não, deixa pra lá, eu confio. Não precisa mostrar. E, pra falar a verdade, só falta mais um grilo. Um grilinho de nada.

Ela mostra uma expressão interrogativa.

ELE: — Se eu não estou escrevendo nem publicando porra nenhuma, por que o jornal te mandou me entrevistar?

ELA: — O cara da pauta, neguinho. Agora, com a "abertura política" e o resto todo, ele teve a ideia de fazer uma matéria com a Geração de 64. A geração de escritores que atuou durante a

ditadura. Quer dizer, durante o regime militar que se instalou no país depois de 1964. E o seu nome está lá, na lista.
ELE: (*fingindo-se ainda de paranoico*) — Lista. Que lista?
ELA: (*impaciente*) — Você foi um cara que escreveu livros, esteve no ar durante esse tempo. Mas agora estou vendo que deve ter sido um erro. Com certeza te confundiram. Mas ele me pediu mais ou menos uma lauda com cada um. Depois, você sabe, o *copy* refunde tudo, pegam umas fotos lá no arquivo e sai uma média geral. Uma frase ou outra de cada um. Você sabe como são esses segundos cadernos.
ELE: (*irritado*) — Uma média. A gente fala esse tempo todo e, no domingo, sai lá uma frase do *copy desk*. "Para Carlos Santeiro a importância da Geração de 64 foi resistir". Me dá náusea isso. Acho que eu vou ao banheiro.

Teatralmente, com a mão no estômago, ele vai cambaleando até o banheiro.

ELA: (*falando sozinha, num tom vingativo*) — Sim, uma frase. Uma reles frase. O espaço que você merece no jornal não passa de uma reles frase. Mesmo que tudo o que se falou aqui desse uma peça de teatro. (*Irônica.*) Ou um "romance de geração". Uma peça escrota, cafajeste, como aquela do teu amigo de Minas, sobre o amigo de vocês, do Leme.
ELA: (*realçando a ironia*) — Mas é claro que, como aquela outra, essa peça aqui tem um segundo nível. Um nível "simbólico". Um *Esperando Godot* carioca. Como Godot nunca chega para Wladimir e Estragon, também a entrevista nunca se concretizará para o escritor e a jornalista.

Ele sai do banheiro sem camisa e aparentemente mais sóbrio. Enxugando o rosto e o tronco com uma toalha, escuta as últimas palavras dela.

ELE: — Está certo, garota, você ganhou. Você quer uma entrevista e terá a sua entrevista. Vou sentar aqui à minha mesa — "a mesa do escritor" — e discutiremos os problemas nacionais.

Ele senta-se à mesa, ela imediatamente arrasta uma cadeira para junto dele. Deixa o gravador sobre a mesa e acende a lâmpada, voltando o foco de luz diretamente para o rosto dele.

ELA: (*num tom masculinizado, grosseiro, "policial", mas de gozação*) — Isso é pra refrescar tua memória, garoto! Já que você é tão paranoico.

Ela vai até os interruptores, apagando todas luzes, menos a da lâmpada de foco dirigido. Voltando à mesa, senta-se diante dele e assume um tom envolvente (mas ainda de gozação), imitando um interrogador de métodos mais persuasivos.

ELA: — Se você colaborar não precisa ter medo, menino. Eu só apaguei o resto das luzes pra você se concentrar melhor. E é só uma perguntinha, mas eu quero a VERDADE.

Aflitamente, ele continua a enxugar-se com a toalha.

ELA: (*solenemente*) — Carlos Santeiro, existiu uma geração literária de 64? Se existiu, diga-me, mais ou menos no espaço de uma lauda qual foi, no seu entender, a importância dessa geração?

Pausa, enquanto ele reflete. Depois começará a falar pausadamente, uma frase atrás da outra, como se ditasse uma mensagem a uma secretária ou um depoimento a um escrivão. Em algumas passagens mais incisivas do depoimento, poderá falar com mais ênfase e rapidez, bem como contorcer-se diante do foco de luz, como se suas reflexões fossem extraídas à custa de grande sofrimento físico e psicológico.

ELE: — A Geração de 64 é aquela que produziu obras a partir da ditadura militar, ponto. E quando se fala em geração no Brasil, estamos nos referindo, obviamente, às pessoas das classes média e alta, ponto. Porque jamais ouvi usar a palavra "geração" para a classe operária, ponto. É como se eles não tivessem idade, ponto. Como se uma geração continuasse a outra identicamente, ponto. Já que os filhos fazem a mesma coisa que os pais, dois pontos: trabalham nas fábricas ou em outros serviços braçais, ponto. Ou, no caso de se impacientarem com a falta de perspectivas, caem na marginalidade, ponto. Nesse sentido, existe também uma nova geração da classe operária que poderia ser chamada de Geração de 64, dois-pontos: uma geração dentro da qual setores estatisticamente importantes resvalaram para o crime como modo de sobrevivência, ponto. Eles não são honestos como os pais, ponto e vírgula; eles não se conformam, ponto de exclamação! Então poderíamos dizer que eles se rebelam contra os pais, a sociedade, do mesmo modo que os burguesinhos do final da década de 60 agrediam a família usando cabelos compridos, roupas extravagantes e fumando maconha, ponto, parágrafo.

Mas não é sobre essa geração ou algo semelhante que versam esta peça e esta entrevista, ponto. Esta geração, que podemos chamar de proletária, não pôde falar por si mesma, ainda não produziu obras, porque não teve acesso à cultura, ponto. Se tivesse tido esse acesso, talvez acontecessem surpresas como as que ofereceu a primeira geração artística inglesa surgida do ensino democrático proporcionado pelo Partido Trabalhista e que deu origem a fenômenos inesperados como os Angry Young Men e os Beatles, ponto. Se no Brasil ocorresse um fenômeno semelhante de democratização da cultura e da criação, talvez se manifestasse na arte não as habituais seriedade e sisudez política da classe média, mas possivelmente um festim dionisíaco como o carnaval, ponto. Talvez a revolução brasileira, inclusive a revolução cultural, venha a ser como um samba-enredo em que o povo, desfilando fantasiado pelas avenidas, em meio a batuques e danças orgiásticas, termine seu desfile diante do Palácio do Governo, exigindo o poder, ponto de exclamação!

Já o chamado realismo dos países onde a "revolução proletária", entre aspas, triunfou, tem-se mostrado a mesma imposição de cima para baixo de um "padrão estético realista", entre aspas, pequeno-burguês, ponto. Quando Kruchev nos presenteava com seus conceitos sobre pintura, era igualzinho como se a gente ouvisse uma tia nossa falando, dois-pontos, abre aspas: "Um quadro desses eu nunca poria na minha parede", ponto, parágrafo.

ELA: — Uma lauda, Carlos. Você já passou de uma lauda.

ELE: (*ignorando a interrupção*) — Mas o que nos interessa aqui, a partir da sua pergunta, é a geração literária da classe média que produziu obras a partir do clima gerado pela ditadura militar, ponto. Aquela que, com suas obras, contestou o regime instalado no país de 64, ponto. Porque, nesse sentido, fomos quase unânimes, ponto. Embora alguns tenham se mostrado mais tímidos do que outros, não se ouviu falar de nenhuma obra não digo a favor da ditadura, mas que tomasse essa perspectiva do fascismo não de fora, mas dentro de nós, ponto de exclamação! Alguém que se aprofundasse dentro dessa perspectiva, o que teria sido um fenômeno interessante e mesmo corajoso, ponto. Porque aí talvez tivéssemos alguma abordagem literária mais séria sobre a direita, o fascismo, o militarismo brasileiro, ponto. Esse fascismo que todos trazemos mais ou menos dentro de nós, ponto de exclamação! Porque é cômodo demais colocar a culpa só neles, ponto. Ao que eu me refiro é a um estudo de dentro, como Bernardo Bertolucci conseguiu em seus filmes, ponto. Pois é preciso que Bertollucci tenha uma boa componente fascista em seu sangue, em sua personalidade, para criar tão belos personagens direitistas como os de O conformista e o de 1900, ponto. Aquela cena do enforcamento do gato em 1900, dois pontos: é isso o fascismo e é preciso que Bertolucci o tenha no sangue, ponto de exclamação! Do mesmo modo que se diz que Chico Buarque de Holanda tem que possuir uma forte carga feminina para compor as belíssimas canções em que as mulheres se conjugam na primeira pessoa do singular, ponto e vírgula; canções que arrepiam os cabelinhos dessas mesmas mulheres em todo o Brasil, ponto. E eu queria era que alguém chegasse e reconhecesse, dois-pontos: o fascismo sou eu, ponto de exclamação! Esta aqui, por exemplo, talvez seja uma peça de direita, ponto. Anarquista, talvez, mas de direita, talvez, ponto de exclamação! E, no seu final, quase uma pornochanchada política, ponto. Quem não gostar que se arranque, ponto e parágrafo.

ELA: (olhando preocupada para o público) — Era uma lauda só, Carlos. E nós já temos aí uma boa frase para o copy desk: "Carlos Santeiro, dois-pontos: o fascismo sou eu, ponto de exclamação!".

ELE: — Espera aí que é agora que eu vou entrar. A Geração de 64, ponto. No teatro, só agora suas obras mais representativas começam a ser encenadas, por causa da censura, ponto. De modo que não podemos avaliá-las corretamente, ponto. Mas em relação à literatura talvez não tenha havido outra época tão fértil, pelo menos quantitativamente, quanto esses quinze anos pós 64, ponto. E pouquíssimos livros foram censurados, já que poucos os liam e não valia a pena para o regime incomodar-se, ponto. Houve até um fenômeno apelidado de "boom literário brasileiro", entre aspas, o que, quando nada, era indicador de um momento propício para escrever, ponto. Mas por que essa fertilidade, ponto de interrogação? Não seria porque os escritores, além de ocuparem um espaço aberto pela censura no teatro, no cinema e na música, teriam encontrado na ditadura um excelente ponto de referência, ponto de interrogação, parágrafo?

Um país miserável, repleto de injustiças sociais e dominado por algumas centenas de militares e mais civis sequiosos de subir e que se aliaram todos, em nome de uma "filosofia", entre aspas, de desenvolvimento e segurança, ao capitalismo internacional, ponto. E que para conseguirem seus objetivos não hesitaram em lançar mão talvez da mais violenta repressão policial-militar de que este país já teve notícia, dois-pontos: assassinatos, torturas, prisões arbitrárias, arrocho salarial, cassações políticas, banimentos, ponto. Enfim, aquilo que todos já sabem, ponto.

O que talvez não saibam é que do outro lado, com o pensamento oposto, havia nós, os bons moços, os escritores, ponto. Nós estávamos ali para denunciar isso tudo, ponto. Nós, os quixotes da literatura, com nossos rocinantes de papel, ponto. Nós, os escoteiros, fazendo a nossa boa ação do dia, espumando indignados o nosso ódio impotente, unindo-nos aos nossos "irmãos", entre aspas, trabalhadores, aos sofridos, aos miseráveis, aos perseguidos de todo o país, ponto de exclamação! Tínhamos algo contra o que lutar, sem muito risco e com os melhores motivos, ponto. E nos enchemos todos de bílis, escrevemos sem parar, e com isso lavamos as nossas mãos, ponto. Mas eu não vou querer que você publique isso no seu jornal, a não ser que publique tudo, ponto por ponto, vírgula por vírgula, ponto e vírgula; é por isso que estou ditando assim, ponto. Porque se o seu jornal publicar apenas parte disso, será pelos piores motivos, dois-pontos: para justificar, ainda que em parte, o obscurantismo imbecil instaurado no país, ponto. Não. É ambíguo demais para uma matéria refundida por um *copy desk*, ponto. Talvez, quem sabe, um dia, o teatro, ponto de interrogação? Ao teatro, além daquelas pessoas que vão em busca de confirmar "uma verdade", entre aspas, que já "possuem", entre aspas, e que depois todos aplaudem e saem dali aliviados, vão também algumas pessoas que pensam, ponto. E a essas pessoas que pensam eu tentarei dizer que, além da rima, a relação entre a ditadura e a literatura talvez tenha sido como um jogo de gato e rato, ponto. Sem o gato o jogo não poderia continuar, para tristeza do rato, ponto. Se o gato fosse embora, talvez o rato andasse entristecido pela casa, sem destino a dar à sua vida, ponto. Seria como um Tom e Jerry sem o Tom, ponto. Nós talvez passemos a ser conhecidos como os "Órfãos da Ditadura", ponto de exclamação, parágrafo!

ELA: — Uma lauda, Carlos. Só uma lauda pelo amor de Deus. Nós já temos aí uma frase sensacional. Pode até entrar na chamada da matéria. Em negrito. "Para Carlos Santeiro, os escritores da Geração de 64 são os órfãos da ditadura." E com um ponto de exclamação, Carlos: um ponto de exclamação!

ELE: — Eu já disse. Ou o jornal publica tudo, ou publica nada. E você vai me deixar concluir. Sim, tínhamos os melhores motivos para o nosso ódio, embora fosse, às vezes, um ódio fabricado de encomenda ou, ao menos, que chegou na horinha certa para que pudéssemos exercer o nosso papel de escritores, ponto. Tínhamos uma bela carreira literária por construir, um lugar na sociedade, que é ao que aspiramos, nós, os caras da classe média, ponto. E não é à toa que a principal revista a veicular nossos trabalhos nos últimos anos se chama nada mais nada menos que *Status*, ponto de exclamação, parágrafo!

Não, garota, a única literatura deste período que eu respeito é aquela que despedaçou o próprio conceito de literatura no país, ponto. Um conceito que nada mais era do que as formas do colonizador e das classes que ocuparam o seu lugar após a "independência", entre aspas, do país, ponto. Os nossos "contos", entre aspas, os nossos "romances", entre aspas, não importa se falando bem ou mal disso ou daquilo, ponto. Porque eles mantinham vivo o mesmo jogo do gato e do rato, com seus dois polos necessários, o do bem e do mal, ponto. Mantinham vivas, principalmente, as regras e formas do jogo, ponto. Não, garota, era preciso que, suicida ou homicidamente, despedaçássemos este próprio conceito de literatura, ponto. Que abandonássemos o circuito viciado e rarefeito dentro do qual parecemos girar eternamente, ponto. Talvez por isso é que a única arte realmente afirmativa neste país tenha sido, através dos tempos, a música popular, ponto. Porque ela tem orquestrado aquele festim selvagem, dionisíaco, como o carnaval antes da Riotur, ponto. Esse festim que é a síntese de tudo aquilo que nos formou, ponto. E talvez a literatura que também trilhou esse caminho, desde Oswald de Andrade, esta, sim, pode ter ajudado a empurrar o carro adiante, ponto, parágrafo.

ELA: (*numa voz já sem esperança*) — Uma lauda, Santeiro: uma lauda.

ELE: (*ignorando*) — Quanto aos outros, era tudo muito sério, ponto. E tome boia-fria, tome pivete, tome índio bom selvagem, tome falso bandido, orgasmos de garota zona sul com supermarginal, e tome tortura, e tome cristianismo, e tome Wladimir Herzog, ponto. Mas quantas pessoas eu vi pelos bares falando de Herzog como quem fala de um artista famoso, dois-pontos, abre aspas: "Eu conhecia o Wlado", elas diziam, para demonstrar familiaridade, ponto. E o pior era que todas essas coisas, os boias-frias, os marginais, a tortura, eram verdadeiras, ponto. Mas era também como se o filme real se passasse lá fora e nós apenas o reproduzíssemos numa cópia vagabunda, ponto. Pois só Deus, se Deus existe, sabe que ignomínia, se ignomínia existe, foi a morte do jornalista Wladimir Herzog, que se apresentou espontaneamente à polícia, na parte da manhã, para responder a um inquérito sobre a reorganização do Partido Comunista Brasileiro e à tarde estava morto, em nome dos ideais que ele defendia e o regime combatia, ponto. Mas aí é que está o meu ponto, garota, dois-pontos: entre o Wladimir Herzog que foi morto numa cela do Exército e aquele que aparecia em nossos livros, havia uma diferença de grau e substância, ponto. Este último era apenas o personagem que nós, os escritores, precisávamos para manter acesa a "*nossa* chama", a "nossa fogueira", o JOGO, em maiúsculas, ponto de exclamação! O velório literário de Wladimir Herzog foi realizado nas livrarias de Ipanema, com coquetéis, batidinhas e salgadinhos, ponto de exclamação! E talvez esta "Geração de 64", entre aspas, no íntimo esteja triste agora que o fim da festa se aproxima, ponto. Porque não teremos em quem botar as nossas culpas, teremos de olhar um pouco para nós mesmos, ponto e vírgula; para a nossa BABAQUICE, maiúsculas, ponto de exclamação, parágrafo!

Subitamente ele assume uma atitude calma e cansada, como quem entrega os pontos.

ELE: — Não falo daqueles que, bem ou mal, saíram às ruas e às armas opuseram armas. Ou daqueles que partiram para outro tipo de ação. Não me interessa aqui analisar os seus motivos mais íntimos nem a oportunidade do que fizeram. Mas esses ao menos não se justificaram com má literatura, má-fé, indignação, sucesso, mulheres, carreiras literárias, ponto final.

Ela se levanta e acende as luzes.

ELA: — E você, Carlos? E você?
ELE: (*apagando a luz de foco, sobre a mesa, e também se levantando*) — Eu também. Eu também, como todos. Ah, este

cérebro humano que parece não produzir outra coisa além de palavras. Eu estou aqui e me abro com você. Eu sou o sincero, o bom. Pois com essa confissão devo sentir-me um pouco melhor. Melhor do que eles, os outros. Ora, que nos fodamos todos. Você sabe desde o princípio por que eu quis esta entrevista à noite e aqui no meu apartamento, não sabe?

ELA: (*aproximando-se dele*) — Sim, eu sei, mas quero ouvir claramente da tua boca.

ELE: — Para ver se dava alguma coisa, vamos?

ELA: — Sim, vamos. Você também sabe por que eu aceitei fazer a entrevista à noite e aqui no seu apartamento, não sabe?

ELE: — Sei.

Os dois se atiram nos braços um do outro e começam a beijar--se. Depois de alguns instantes ela se desvencilha.

ELA: — Só um minutinho meu bem.

Ela se dirige ao banheiro, ele pega outra vez o copo. Com a porta do banheiro entreaberta, ouve-se o barulho de água correndo no bidê.

ELE: — É esse barulhinho do bidê, a porta quase fechada. É isso que me excita. Deve ser algum reflexo pavloviano adquirido na infância. No meu tempo era assim: havia os meninos e as meninas. Os meninos tinham os seus pintos, pegavam neles o tempo todo e ficavam até orgulhosos. Mas o negócio eram as meninas: elas tinham aquela fenda delas, aquela fenda misteriosa, e era só a gente se interessar que eles logo nos proibiam. A partir daí, nada mais de tomar banho juntos, nada mais de brincadeira de casinha. E a gente ficava ali, querendo ver, querendo tocar. Era uma obsessão. Uma obsessão que iria nos perseguir pelo resto das nossas vidas. Só Deus sabe, hoje, quantas mulheres eu já tive, com quantas já fiquei. De várias delas não consigo lembrar nem do nome nem do rosto. Às vezes encontro uma mulher na rua, cumprimento assim meio sem jeito, ela também, e sigo em frente, matutando: de onde é que eu conheço; de onde é que eu conheço? E de repente vem o estalo: ah, com essa eu trepei, só pode ter sido isso. (*Ele aponta em direção ao banheiro.*) E com ela deve ser o mesmo. O modo como ela disse "Vamos", sem nenhuma hesitação. Putas velhas, é o que somos. A gente bebe, trepa, vai embora e nunca mais. Eis a nossa geração. Sim, se alguma revolução fizemos, foi a sexual. Como se uma professora dissesse na hora do recreio: agora todo mundo pode trepar com todo mundo. Mas de vez em quando é como se ressuscitassem em nós os mistérios do passado. Com uma porta de banheiro quase fechada e um barulhinho de bidê, por exemplo, ainda não me acostumei. É como se a pureza da infância de repente voltasse: a primeira curiosidade, o primeiro desejo, a primeira ereção. E neste momento, agora, é como se ela fosse uma virgem e eu um noivo ansioso numa lua de mel. No fim, sei que dará tudo na mesma: igual a um choque elétrico, um pequeno ataque epilético e depois o entorpecimento total. Uma vontade de dormir muito. E principalmente sem ninguém ao lado. Um sono egoísta, uma cama só pra mim. Mas agora não: com a porta entreaberta e o barulhinho do bidê, sinto ainda aquele vazio na boca do estômago, a taquicardia, a "emoção". Como se fosse uma nova forma de conhecimento. O conhecimento de um novo ser. É, talvez eu ainda seja um romântico. No fundo, devo amar as mulheres. Se elas me perguntam, por exemplo...

Ela, escondendo o corpo, põe a cabeça para fora do banheiro.

ELA: — Você me ama?
ELE: — Eu te adoro.

Ela fecha a porta do banheiro.

ELE: — Adoro realmente. Tinha um amigo meu que dizia: se você gosta da xota de uma pessoa, gosta da pessoa. E ele estava certo. Por que se pode começar a gostar de uma pessoa pelo rosto, caráter, bondade, coisas assim, e não pela xota? É essa nossa civilização moralista, espiritual. Não vejo por que a xota deva ser uma parte menos importante da pessoa que a alma, por exemplo.

Ela abre a porta e sai do banheiro. Lugar para onde ele se encaminha, por sua vez.

ELA: (*tocando-lhe o peito de leve*) — Aonde é que você vai?

ELE: — Fazer xixi. É essa vodca. Uma vez eu bebi vodca igual a hoje e estava com uma mulher, e não fui ao banheiro antes e aí... Bom, deixa pra lá.

ELA: (*bem fresca*) — Não demora não. Eu vou ficar com saudades.

ELE: (*adequando-se ao tom dela*) — Eu também, meu amor.

Ele entra no banheiro e fecha a porta.

ELA: (*falando para si mesma, em pé, no meio da sala*) — Desde o primeiro instante em que o vi, ali na porta, com seu radinho de pilha na mão, saquei logo: esse é um desamparado andando aos trancos pela existência. Tive pena. Nisso aí sou bem feminina, ao modo antigo. Deu vontade de passar uma vassoura por aí, arrumar tudo, dar um banho nele, comprar-lhe uns engovs. Sim, espalhar engovs por todos os cantos do apartamento. Os bêbados adoram isso. E depois comê-lo, naturalmente. Lá no jornal dizem que eu sempre como os entrevistados, mas Deus é testemunha que não é tão simples assim. A verdade é que as coisas simplesmente acontecem depois que você se põe disponível para as pessoas. Depois que você abre a guarda. É como se eu ouvisse a voz do meu professor de ioga dentro de mim. Aquela voz envolvente (*ela imita a voz*): "É preciso distender, relaxar cada fibra do corpo". Então é como se tudo acontecesse inevitavelmente, com toda a espontaneidade: a gente escorrega um para dentro do outro.

Ele sai do banheiro e cruza com ela dirigindo-se para a cozinha.

ELE: (*bem frescamente*) — Aonde é que você vai, meu bem?
ELA: (*também frescamente*) — Vou buscar um copo d'água, meu amor. Ia me esquecendo da pílula.

Ela entra na cozinha.

ELE: (*falando sozinho e olhando o relógio*) — Essa foi quase o meu recorde. Quase, porque uma vez peguei uma no elevador. No elevador, poxa. Era um sábado à noite e eu estava sozinho. Sábado à noite, quando todas as pessoas estão nas festas, nos shows, nos bares, *premières, vernissages*. E eu lá, sozinho, naquele apartamento do Catete. É aí que vêm aquelas ideias de suicídio na cabeça. Você se sente a última pessoa do mundo e a única alternativa é o suicídio. É tão simples entrar naquela porta ali, deitar na banheira e abrir o gás.

Ela sai da cozinha, com um copo d'água na mão e escuta as últimas palavras dele.

ELA: — Que é isso, queridinho? Falando em suicídio? Vai me deixar aqui toda molhadinha desse jeito?

ELE: (*abraçando-a*) — É claro que não, meu amor. Agora que eu estou feliz, que todas as coordenadas da sorte — e acertar a dupla exata foi um prenúncio — convergiram para aquele breve momento em que um homem é feliz, eu jamais faria uma coisa dessas. Amanhã, talvez. Porque ele sempre acaba por voltar, aquele desejo mórbido de palidez; estender-me na banheira para os últimos devaneios, a morte, o encontro entre o homem e o menino. É quase como gozar e para sempre.

Ela se solta dele e começa a remexer na bolsa. Ele continua a falar para si mesmo.

ELE: — Porque, de outro modo, a gente sempre volta ao ponto inicial. Como se amanhã tudo tivesse que se repetir: eu bebendo esta vodca vagabunda e você, ou outra qualquer, entrando por aquela porta ali. Ou então algo parecido, como aquela mulher que eu peguei no elevador.

Ela tira uma pílula da bolsa e a examina contra a luz.

ELA: (*monologando*) — Dizem que foi isto, a pílula, o responsável pela transformação da mulher. O momento em que ela passou a ser dona do próprio corpo. Mas não sei, tenho a intuição de que não foi bem isso. A pílula pode ter sido a causa material. Porque o grande momento, a causa formal, acredito, foi quando a mulher inverteu sua posição na cama.

Pelo menos comigo se passou assim. Eu ainda estava casada e ele, o meu marido, entrou de pijama no quarto, com aquele seu hálito de pasta de dente. Prefiro mil vezes o cheiro desta vodca barata àquela prosaica pasta de dente, aquele gosto de marido. Não sei por que ele sempre punha o pijama antes, se sabia que ia tirá-lo logo depois. Ele tinha saído do banheiro e veio com aquele seu ar entediado por cima de mim.

ELE: (*também monologando*) — Havia uma festa no prédio e eu ali sozinho, desesperado. Eu escutava as pessoas rindo, o tinir dos copos, o som na maior altura, dois apartamentos acima. E sabem o que foi que eu fiz? Abri a porta, chamei o elevador e comecei a subir e descer, no meio dos convidados que chegavam ou saíam. A minha ideia era que algum deles pudesse me convidar. Mas era como se eu fosse invisível. Vocês já se sentiram invisíveis? Pois é assim, no Rio de Janeiro, quando você não passa de um obscuro jovem provinciano. As roupas, os sapatos, você pode comprar nas melhores lojas, mas é aquele teu ar assustado, encolhido, que te denuncia. E é talvez por isso mesmo que nós, os provincianos, nos transformamos em grandes artistas, escritores, teatrólogos, generais, bispos, ministros, presidentes da República. É aquela vontade súbita, mas inquebrantável, de lutar.

ELA: — Eu estava seca. Seca por causa daquele pijama, por causa daquela pasta de dentes; seca de dar ordens à empregada; seca de um lugar subalterno na redação, onde me tratavam como um par de pernas e me mandavam fazer pesquisas para o caderno feminino. Mas naquele dia, não. Eu ainda era meio novata e quiseram fazer comigo uma espécie de batismo, igual a um trote de calouros num colégio. Disseram que faltara alguém na reportagem de polícia e precisavam de mim para cobrir um acidente na avenida Brasil. Era o meu primeiro "presunto". E eu fui lá; meu coração batia, mas eu fui lá, bravamente. Algo dentro de mim me dizia que aquele presunto transformaria a minha vida. Eu só não sabia, ainda, que era um motociclista. Um garoto, ainda, com seu blusão de couro negro, que entrara debaixo de um caminhão. E ele estava lá, morto, mas gloriosamente, enlaçado à sua moto. Eu tive um arrepio ao mesmo tempo de medo e de excitação. E acho que foi aquilo que me inspirou, como se eu também tivesse tido o meu *insight*. O negócio era montar, foi o que eu senti, embora só tomasse consciência disso —

uma consciência mesmo — algum tempo depois. Talvez quando o meu marido entrou ali no quarto com seu pijama antiquado e um gosto de dentifrício na boca.

ELE: — "Hei de vencer", era o que eu estava pensando quando ela tomou, sozinha, no térreo, o elevador. Ela entrou com uma garrafa. Não de uma vodca qualquer, como essa aí, mas de um legítimo uísque escocês.

"— Você também vai para a festa?", eu perguntei, como se fosse outro a falar por minha boca. Como se fosse um dos *convidados*.

"— Vou, por quê?", ela disse, com um ar arrogante. E foi aí mesmo que eu deslanchei, descobri que o Rio de Janeiro era isso, uma espécie de segurança à vontade, largada. "Não quer tomar primeiro um pouco desse uísque no meu apartamento?", eu perguntei.

"— É aqui mesmo no prédio?", ela perguntou, com uma voz preguiçosa.

"— É!", eu falei, com segurança, já no ritmo dela. Simplesmente assim: "É!".

"— Por que não?", ela falou, com um ar de absoluto desdém pelo que lhe pudesse acontecer naquela noite: ir àquela festa ou a um outro apartamento qualquer.

"— Sim, por que não?", eu fiquei repetindo para mim mesmo. É este o modo de ser, atualmente, de conseguir as coisas. Deixar que elas venham vindo. É um negócio que a gente vai aprendendo e é aí que a gente deixa de ser um provinciano.

Ela aproxima-se dele, segura-o com firmeza com as duas mãos e o conduz aos poucos para a cama, no quarto pegado à sala.

ELA: — Foi aí que eu disse pra mim mesma: "Chega", e empurrei meu marido com as duas mãos para o outro lado da cama.

Ela de fato o empurra para a cama, onde ele se deixa cair, de costas.

ELA: — Foi este, efetivamente, o momento da transformação e não uma reles pílula. O momento em que a mulher virou o homem na cama, inverteu a posição. E o montou.

Ela senta sobre ele e começa a arrancar a roupa dele, embora ele a ajude.

ELA: — Eu estava sentada sobre ele, comecei a tirar o seu pijama assim, quase arrancando os botões. Ele estava ao mesmo tempo surpreso e amedrontado, e curioso, e encantado. Talvez como um potro que é cavalgado pela primeira vez. Ou como uma virgem prestes a ser introduzida nos mistérios mais fundos do sexo. E eu era uma amazona sobre o meu cavalo. Sim, amazonas, é no que nós, as mulheres, nos transformamos subitamente, como se nos reencarnássemos numa raça ancestral. Um momento na evolução da espécie comparável ao dia em que um antropoide ficou sobre duas pernas pela primeira vez. E que me perdoe Darwin a licença poética: merecia uma orquestra tocando *Assim falava Zaratustra*, de Strauss, como no filme 2001.

ELE: (*gemendo sob as carícias dela*) — Eu já tinha tido muitas mulheres. Já tinha sido até casado umas duas ou três vezes. Mas desse jeito e assim tão depressa, nunca acontecera. A gente nem chegou a beber aquele uísque, poxa. E ela assim, em cima de mim, me mordendo, me beijando, prendendo meu corpo debaixo do seu. No princípio eu fiquei todo tímido, mas ela conversava comigo, me amaciava.

ELA: (*acariciando-o cada vez mais*) — Não tenha medo, garoto, eu dizia. Ele não era mais meu marido ou outra pessoa com uma identidade qualquer. Ele era apenas o "meu macho", como a gente pode dizer a "minha moto". No fundo, eu transava era comigo mesma, mas precisava deixá-lo no ponto certo, passando a mão ali nos lugares onde eles gostam, nos lugares onde eles relaxam, se entregam...

ELE: — "Você é gostosinho, meu amor", ela dizia.

ELA: — "Você gosta de mim?", ele perguntava, como se fosse mesmo uma donzela tímida, precisando ser amada, protegida.

ELE: — "Gosto, bobinho", ela disse. Mas eu também tinha um pouco de raiva, senti que perdia o controle da situação. Por isso ainda tentei lutar (*Ele ergue a cabeça e o tronco.*): "— Você não achou ruim eu te pegar assim, sem mais nem menos, no elevador?", eu perguntei, só para afirmar minha iniciativa de homem.

ELA: — Será que foi você mesmo quem me pegou?

ELE: — Mas não adiantava mais, ela estava por cima de mim, eu sentia coisas esquisitas e o melhor era relaxar. Então chegou a me dar vontade de que ela me batesse.

ELA: — Sim, ele estava assustado, mas quase entregue e eu precisava alternar meu ritmo, ir com um pouco de calma e depois com decisão, para não estragar tudo.

Eles vão ficando cada vez mais entregues à transação.

ELA: — Não precisa ficar assustado, não precisa fazer nada. Você só fica aí que eu te como. Assim, meu amor. Isso, assim... Assim gostoso, quietinho, enquanto eu me mexo pra cima e pra baixo. Como as ondas do seu mar lá fora, queridinho. Acho que agora está dando até pra ouvir. Ou como uma gangorra. Como se nós fôssemos um menino e uma menina numa gangorra. Assim... assim...

ELE: — Como você é quente e gostosa, meu amor, minha querida, minha...

As luzes do palco vão escurecendo aos poucos, mas, num último assomo de resistência, ele levanta a cabeça.

ELE: — Como é mesmo o seu nome, meu amor?
ELA: — Clea, amorzinho. Meu nome é Clea, mas que importância isso tem agora? Vê se fica quietinho, meu amor. Assim, lá dentro. Duro. Bem duro, pra gente gozar.

A luz apaga de todo e o pano fecha.

SÉRGIO SANT'ANNA

Um romance de geração
Romance

Um romance de geração seria, no projeto original, uma peça em três atos, que se limitou ao primeiro em razão da sua extensão e por formar, esse ato, em si, uma unidade.

No segundo ato, os personagens acordariam na manhã seguinte, depois de haver passado uma única noite juntos, mas já se acusando e agredindo mutuamente (embora percorridos por uma centelha amorosa em momentos de trégua), por situações, rancores, memórias, que só poderiam ter-se acumulado durante anos de casamento. Como se cada um encarnasse para o outro o sexo oposto em todas as vivências passadas.

Como nota de contraponto e com a responsabilidade de "marcar" esse segundo ato em cenas que oscilariam do ódio ao lirismo, estaria em ação uma faxineira, obrigando, devido à limpeza, que os personagens mudassem de um lugar para outro dentro do apartamento. A cada mudança, uma nova cena, uma nova discussão, uma nova lembrança, um outro clima.

O início do ato seria o abrir da porta pela faxineira, que

acordaria o escritor, com as seguintes palavras, quase a título de *senha mágica*: "Finnegan, wake up. Wake up, Finnegan, está na hora de começar". E, efetivamente, o artista, espreguiçando-se, começa a viver mais um ato, mais um dia.

Já a mulher, na cama, abriria os olhos assustada e perguntaria: "Onde estou?". Mas logo depois é como se se lembrasse não só de onde está mas também de um monte de coisas passadas. E ela passaria ao ataque. O que levaria o homem a queixar-se: "Antes não era assim."

Quanto à faxineira, sem pronunciar nenhuma outra palavra em todo o ato, se atiraria pela janela durante um diálogo particularmente nauseante do casal. O que marcaria o fim do segundo ato e a decisão dos personagens de se "divorciarem".

O terceiro ato — esse com vários personagens — seria uma "cerimônia de divórcio", a realizar-se no princípio da noite, na mesma data, completando-se assim, em vinte e quatro horas, o ciclo deste "romance de geração".

Entre os convidados para a cerimônia, o autor imaginou, por exemplo, um motociclista, com blusão de couro e capacete a aguardar o desfecho da festa para se mandar com a divorcianda para Machu Picchu, no Peru.

Como tal figura é desconhecida de muitos por ali, alguém comentaria: "Porra, esse cara tá com pinta de polícia enrustido. Olha que o Carlinhos vai chegar a qualquer momento". (Carlinhos é um traficante de cocaína.)

"Não se grila não, rapaz, ele é o novo noivo", talvez o próprio ex-marido se incumbisse de esclarecer.

Como fundo musical para a "cerimônia" (que consistiria em substituir-se na mulher um vestido de noiva por uma roupa mais adequada à viagem de moto), um flautista de cabelos longos tocaria a canção peruana *El condor pasa*.

E, no meio da sala, visualiza-se uma mesa posta, com um bufê composto de chá e comida macrobiótica, para a turma da mulher e de seu novo noivo, e de muita bebida para o ex-marido e seus amigos, o que caracteriza atitudes dos dois grupos. Do pó, partilham todos.

Entre os amigos dele e dela há os que cumpririam a função de padrinho e madrinha, embora mais ao estilo das testemunhas de duelos.

Num determinado momento, a madrinha da noiva perguntaria a ela, como é de praxe, "Você está feliz?".

"Muito", ela responde: "Escritor é muito devagar".

Ao que se seguiria uma digressão sobre o comportamento egoísta e intratável dos escritores em geral.

Do lado de lá da mesa, por sua vez, o marido confidenciaria ao padrinho:

"Pô, rapaz, que sensação de vazio!" Ao que o outro retrucaria:

"Coragem, cara, o que um homem precisa hoje em dia é uma boa faxineira."

"Mas é por isso, o vazio", explica o marido: "A minha se suicidou hoje de manhã."

Uma outra conversa se referiria à "entrevista", a sair na manhã seguinte no jornal onde a noiva trabalha e cujos termos, altamente pejorativos para o escritor, acabaram por vazar durante a festa.

"Não tem importância", este diria. "Eu quero ver ela chiar é quando encenarem a peça que vou escrever sobre o nosso casamento."

E assim por diante. Mas, como já foi dito, o primeiro ato cresceu demais, independentemente da vontade do autor. A razão disso pode ser detectada no fato de ele ter escolhido como situação inicial a entrevista de um escritor por uma jornalista, o que acabou conduzindo o texto por um caminho de discussões estéticas e até políticas, com perdão das palavras.

Para manter o projeto da peça em três atos e torná-la encenável, via-se o autor diante de duas opções:

a) Diminuir a duração do primeiro ato, modificando a situação inicial, para despi-la da maior parte das conversações políticas e literárias. O encontro dos personagens se revestiria, então, de um caráter muito mais fortuito — como, por exemplo, eles terem se conhecido por acaso, naquele instante mesmo, no elevador do edifício. Nesse caso, não teriam funções profissionais definidas (jornalistas *versus* escritor) e a transação sexual poderia fazer-se imediata e abrupta. E só depois dessa transação eles iniciariam uma tentativa de relacionamento e conhecimento mútuo. Ela poderia mostrar-se, por exemplo, uma socióloga, psicóloga, ou algo semelhante, e ele apenas um fracassado que mente, representa, ser escritor. Desenvolvendo a situação, ela se revelaria, depois, como apenas uma puta que se diz psicóloga. Ou uma psicóloga que, por falta de mercado, virou puta. Ou uma puta que estudou psicologia. E assim por diante.

Os atos 2 e 3 manteriam a linha de ação anteriormente sugerida.

b) A segunda opção seria realizar um espetáculo de vanguarda (também com perdão da palavra), observando-se rigorosamente o fluir real do tempo, dentro da cronologia exata dos acontecimentos, como na peça do amigo de Carlos Santeiro.

Na primeira noite, o público seria convidado a assistir o encontro da jornalista com o escritor, acompanhando sua interessante entrevista.

Quando se apagassem as luzes, no final do ato, os espectadores iriam embora, retornando na manhã seguinte, lá pelas dez horas, a tempo de ver a faxineira entrando no apartamento. E vale observar que o clima psicológico da manhã é essencial para o clima do ato (aquele mau humor com que se acorda etc.). O ato se comporia das citadas e nauseantes discussões, até o suicídio da doméstica e o rompimento do casal, marcando-se naquele instante mesmo a festa do divórcio.

Depois de um intervalo abrangendo toda a tarde, a cerimônia de divórcio se iniciaria lá pelas sete da noite — horário a que o público deveria se adaptar —, não ultrapassando as nove e meia, sob pena de quebra do encantamento desse ciclo de vinte e quatro horas para um "romance de geração".

No entanto, encenar tudo isso seria dispendioso, complicado e enfadonho. E dentro de uma perspectiva "conceitualista" da obra de arte, nos moldes do próprio Carlos Santeiro, a simples "sugestão" desses dois últimos atos já é suficiente para fertilizar os leitores e eventuais espectadores de *Um romance de geração*, bem como grupos dramáticos que se disponham a trabalhar a partir do tema sugerido.

Mas o que subsiste até agora, concretamente, é apenas esse único ato, que vocês acabam de ler (ou assistir?). "Um único, extenso e sufocante ato" que talvez jamais subirá ao palco por ultrapassar provavelmente o fôlego do intérprete masculino e, principalmente, o limite de paciência do público.

No entanto, bastaria que algumas poucas convenções teatrais fossem desrespeitadas para que tal encenação se tornasse mais fácil para o intérprete e assistível para o público — como, por exemplo, no primeiro caso, permitir-se ao intérprete que consulte a qualquer momento, durante o espetáculo, as folhas dos originais, que poderia deixar sobre a mesa ou trazer no bolso. Originais esses de difícil memorização, sobretudo se o diretor optasse por uma encenação ortodoxamente realista, em que os intérpretes realmente bebessem vodca. E talvez se formulasse a partir daí uma proposta teatral instigante, ao aceitar-se em cena um ator-personagem bêbado a perseguir aflitamente um texto.

Quanto à comodidade do público, nada impede que se crie artificialmente um intervalo, quando simplesmente um dos atores (ou o contrarregra) se dirigiria aos espectadores para dizer apenas isto: "Intervalo de quinze minutos".

Passados esses quinze minutos, os atores voltariam à cena para — sem nenhuma tentativa de criarem-se efeitos ilusórios e de verossimilhança em termos de enredo — retomar o texto do ponto onde haviam parado. Como "continuidade", poder-se-ia, inclusive, recomeçar a partir de uma fala do gênero "Onde é mesmo que nós paramos?".

Mas para aqueles que amam a "plausibilidade", entre aspas, e o *envolvimento* acima de tudo, esse intervalo também poderia ser programado para o momento em que Carlos Santeiro acerta sua dupla-exata. Eufórico, ele convidaria Clea para jantar e ambos sairiam de cena, embora o autor considere estranho que esses mesmos amantes da plausibilidade e do envolvimento aceitassem como natural um jantar de apenas quinze minutos, sobretudo levando-se em conta que Santeiro acaba de dar uma tacada nas corridas e certamente gostaria de solidificar seu "romance", impressionando a amada com um jantar farto num bom restaurante. E bebendo mais vodca, naturalmente, só que agora de boa qualidade.

Caso escolhida esta alternativa, porém, os personagens poderiam tranquilamente reentrar, depois do intervalo ou jantar de quinze minutos, pela mesma porta por onde haviam saído. E retomar, talvez com pequenas adaptações, seu diálogo.

Enfim, alternativas.

* * *

Para a hipótese, porém, de o texto jamais vir a ser encenado, vale-se o autor agora de um artifício muito simples: transformar o texto teatral num texto de ficção, para ser apenas lido. Uma pequena novela, ou mesmo, ousamos dizer, um "romance de geração".

A diferença entre os gêneros teatro e romance encontra-se não totalmente na linguagem, mas também — ou principalmente — no fato de que um texto teatral deve se presentificar a cada noite no palco para atores e espectadores. Antes de levantar-se o pano, esse mesmo texto está "adormecido", é inacessível.

Poder-se-ia contra-argumentar que também um texto de ficção hiberna numa livraria ou estante até que alguém vá buscá-lo e o torne existente através da leitura. E, por outro lado, também um texto teatral pode ser lido na forma de livro.

Mas é óbvio que, no caso do texto teatral, ele só se realiza integralmente em suas intenções na medida em que os personagens são representados por atores para um público. É um ritual de convivência, onde esses dois polos devem estar simultaneamente presentes.

E não vamos entrar na metafísica barata tipo "O que são os livros não lidos?" ou "os textos teatrais a existir, latentes, na memória dos atores, antes da subida do pano".

O que verdadeiramente subsiste, no caso, resistindo às semelhanças, são diferenças objetivas, materiais, entre os gêneros, e que todos reconhecemos.

Um espetáculo teatral está sempre sendo apresentado aqui e agora. Se eu for ao banheiro fora do intervalo, perderei uma parte talvez essencial do texto e dos acontecimentos. Por seu turno, se algum membro do elenco sofre um acidente no palco, o espetáculo terá de parar, contradizendo o lugar comum do "gênero". Enfim, é um espetáculo.

Já um texto de ficção é algo que se apresenta sempre mais adiante, num lugar que não é "aqui", embora seja aqui que eu o leio, mas reconstruindo-o "ali", em imagens, noutro espaço. E posso interromper, entrecortar, dar meu próprio ritmo a esse fluir das imagens. E também já se tornou um lugar-comum do gênero ficção dizer que o leitor "reescreve" a obra.

Enfim, no teatro há um espaço cênico sobre o qual se posiciona a figura de Carlos, dentro de toda uma ambientação que apreendemos de imediato e em conjunto. E além da imagem concreta desse universo "carliano", logo teríamos também sua voz, a pronunciar a primeira fala: "Então é você?". E essa voz, a expressão do corpo, as entonações, iriam se materializando numa personalidade para o personagem. A isso seria possível opor o argumento de que tal personalidade seria em grande parte do "ator", o que está correto. Mas o que nos interessa, aqui, é reconhecer que o teatro é uma coisa concreta, para fora. Um acontecimento.

Já no texto escrito, ainda que teatral, é preciso ler aborrecidamente todas essas descrições ambientais, além da marcação exata da fala dos personagens, ainda que com acréscimos simples do tipo "ELE" ou "ELA". E também pequenas indicações dos seus movimentos pelo cenário, as entonações das vozes traduzindo determinada postura emocional etc.

Porém no texto ficcional propriamente dito — a literatura —, mesmo o autor mais econômico teria de suportar concessões descritivas e psicológicas para que os personagens e a ação passassem facilmente para o leitor. E, ainda assim, este último é obrigado a inúmeras operações de imaginação, de visualização etc., abrangendo desde características físicas para os personagens até os cenários onde eles se movimentam. A literatura é, pois, gênero dos mais abertos.

E, por fim, as tremendas diferenças convencionais de técnica e estilo entre o texto literário em prosa e o texto teatral. Mas são detalhes que não nos interessam, pois não se trata, aqui, de reescrever uma peça de teatro para torná-la uma obra de ficção, um romance. Trata-se de torná-la essa obra, sem alterar uma linha sequer do texto teatral já escrito.

E o ponto fundamental da operação será transpor esse texto para um outro espaço, que chamaríamos de romanesco ou novelesco.

Um romance ou novela cuja ação fictícia se passasse "ali", naquele outro espaço, que poderia, inclusive, ser imaginado também como um "teatro".

Para tanto, seria necessário não uma "alteração", mas um ligeiríssimo acréscimo, a título de prólogo. Assim:

"*Num teatro qualquer do Rio de Janeiro, os últimos espectadores acabam de se acomodar, as cadeiras rangem, alguém tosse etc. Subitamente apagam-se as luzes da plateia, acendem-se as do palco e, lentamente, o pano sobe para dar início a esta peça de teatro.*"

A partir daí, vem a versão na íntegra da peça *Um romance de geração*, que por essa simples operação de tempo e lugar terá se transformado mesmo num romance. Um romance cujo enredo é uma peça de teatro que se passa "naquele", e não "neste" palco.

E aí está, prontinho, tal romance.

Em termos "críticos", isso nos sugere uma pausa para uma reflexão interessante. Até que ponto não estaria este autor resguardado (ou resguardando-se) de possíveis críticas à sua peça, responsabilizando-se apenas por seu romance? Pois se um romance apenas descreve literalmente uma peça, talvez nada acrescente ou subtraia ao valor daquele o fato de essa peça ser boa ou ruim.

De qualquer modo, se poderia enriquecer um pouco mais esta ficcionalização, digamos assim, do texto teatral, ainda sem alterá-lo. Do que daremos apenas algumas leves sugestões, bem nos moldes de Carlos Santeiro.

Uma delas seria descrever, antes do texto, a preparação dos atores, a bilheteira (seu mau humor, suas varizes) a acomodar-se sobre um banquinho para vender as entradas; sua prepotência ao tratar rispidamente o público que, por uma breve fração de tempo, cai sob seu domínio. E eis que a bilheteira também se transforma em personagem, do mesmo modo que os espectadores, principalmente se quisermos acompanhá-los desde suas casas através do trânsito engarrafado da cidade, cenário tão ao gosto de Carlos Santeiro. Em síntese, toda a preparação para um evento clímax que seria a peça *Um romance de geração*.

Uma outra hipótese tentadora, mas que implicaria mexer um pouco no texto, seria narrar a peça de um ponto de vista que focalizasse antes os atores que os personagens, embora num espetáculo teatral estes tendam a se confundir. Mas o que se descreveria prioritariamente seriam os mínimos gestos de cada ator, sua interpretação, as *nuances* de suas vozes, e não o conteúdo de suas palavras, embora este não se alterasse. E não deixa de haver um salto qualitativo se eu, como autor — ou mesmo como espectador de qualquer peça —, observo um espetáculo estritamente interessado nos atores enquanto atores. Nesse caso, os atores é que seriam os personagens. Mas isso é outra história e a promessa foi de não alterar o texto. Fica aí apenas a sugestão.

E, também como sugestão, uma outra hipótese, que consistiria em manter integralmente o texto e algumas indicações de ambiente e da movimentação dos personagens, mas sem que se esclareça se tais diálogos e a ação acontecem "de verdade" num apartamento qualquer deste Rio de Janeiro ou num palco que reproduziria, num teatro, esse mesmo apartamento. Algo assim como o *Projeto para uma revolução em Nova York*, de Alain Robbe-Grillet, onde acontecimentos se sucedem e mesmo se repetem, sem cronologia, num espaço movediço de uma cidade fantasmagórica que se localiza... se localiza... NUM LIVRO.

Mas como autor que sou deste meu romance, não fugirei agora das minhas responsabilidades e escolherei, arbitrariamente, uma hipótese para o seu enredo e que passa, a partir de agora, a ser para todos os efeitos a sua VERSÃO OFICIAL, a ser adotada pelos leitores, críticos e compêndios escolares de literatura brasileira.

"Carlos Santeiro é um romancista alcoólatra e frustrado por não ter conseguido, depois que sua mãe o sustenta por mais de um ano, escrever o "romance da sua geração". Aproveitando o ensejo de uma entrevista com uma jornalista (que passa a ser sua amante), transcreve-a integralmente, como uma peça de teatro que, por demais prolixa, não chega a interessar nenhum produtor. Deprimido, Carlos volta à casa da mãe e "encena" um suicídio tomando uma porrada de comprimidos.

Assustada, a mãe resolve promover um sarau em sua casa, onde, em reunião íntima, possam também encenar a peça de Carlos.

É aí que vamos surpreendê-los, no texto inicial, a título de prólogo, e a que logo se seguirá a versão integral de *Um romance de geração*.

Dois atores entram no *living* da casa da mãe de Carlos e passam a representar a peça para o próprio e convalescente autor e para mais uma plateia seletíssima de convidados, que inclui sua mãe, seu psicanalista, sua namorada (que é a própria jornalista, que voltou para Santeiro quando soube do seu "suicídio") e, naturalmente, um censor do "Departamento de Censura e Diversões Públicas" da Polícia Federal.*

A mãe confidenciou a Carlos que, se fosse milionária, teria construído ou alugado um teatro de verdade para ele. Um teatro onde haveria, além de um espaço íntimo para os convidados (em tudo igual àquele *living*), uma espécie de outro teatro, com plateia, filas de poltronas e tudo, logo atrás do palco. Para ocupar essas poltronas, seria providenciado um público composto de extras, vagabundos, desempregados, e que, recebendo trajes adequados e a promessa de uma ceia depois do espetáculo, viria todas as noites assistir dito espetáculo. Suas únicas obrigações seriam não dormir durante a peça e aplaudi-la no final. Pois a mãe de Carlos bem sabe que ele, embora masoquista, é também muito narcisista.

Carlos e este autor gostaram tanto da ideia que resolveram aproveitá-la, um dia, como parte integrante da montagem da peça, caso consigam um produtor.

Então, atenção produtores e diretores: toda montagem fiel

---

* Alguns críticos poderão ver na figura do censor uma projeção do próprio Carlos, suas proibições mais íntimas.

de *Um romance de geração* deve incluir esse segundo teatro, essa segunda plateia, como um jogo de espelhos com o público real.

Deve incluir, também, a título de citação da montagem original (a do sarau), o pequeno *living*, onde se acomodariam atores representando o próprio Carlos, sua mãe, o psicanalista, a namorada e o censor. No centro de tudo, obviamente, o palco.

Mas na inviabilidade de montar tal superprodução, nada impede que se pinte, a título de cenário, esse outro teatro e esse outro público. Pois foi o que a mãe de Carlos fez: pintou nas paredes do seu *living* uma plateia assistindo a peça do filho num teatro de verdade.

E não é que a mãe de Carlos é mesmo engenhosa? Para atenuar o silêncio e a imobilidade do falso público, conseguiu emprestada na TV uma maquininha dessas que produzem risadas artificiais e aplausos. E é o que acontece, agora, a cada fala mais cômica ou inteligente da peça de Carlos, enquanto ela própria, a mãe, repete com ênfase, ao vivo: "Genial, meu filho; genial". Ao que o psicanalista balança a cabeça e pigarreia, aprovativo, e a namorada de Carlos aperta com mais força a sua mão.

Só mesmo o censor, por dever de ofício, não está gostando da peça — e por isso emitirá um parecer contrário à sua liberação, baseado em fatores de ordem moral (sem discutir-se aqui se a moralidade da censura consiste em proibir a exibição no palco daquilo que as pessoas fazem ou dizem na vida real) e também de ordem política.

"Não que cada uma dessas *ordens* constitua, por si, um motivo impeditivo", escreverá o censor em seu parecer. "A soma de ambos os fatores, contudo, transforma a peça numa espécie de anarquismo pornopolítico. Ligeiramente à direita, é certo", reconheceria o culto censor. "E, nesse sentido, veiculá-lo seria um risco calculado. Mas como nunca se pode antecipar como batem na cabeça do público as ideias — ou a falta de — vejo um risco ainda menor em se manter tal boca fechada."

E a peça foi proibida, inclusive para encenações íntimas e saraus. Felizmente, porém, neste país se costuma liberar em livro o que não se pode assistir nos palcos. E o que se torna uma arbitrariedade intolerável na vida real pode transformar-se numa hipótese atraente em termos de ficção: o fato de esta peça de Carlos ser interditada para espectadores tão íntimos quanto sua mãe, o psicanalista, a namorada e o próprio Carlos. Interdição que se fará valer, sob as penas da lei.

Então restaria, como última alternativa aos dois protagonistas — Carlos e a namorada —, representar clandestinamente, todas as noites, a si mesmos e para si próprios, num apartamento do Leme, no Rio de Janeiro.

Ou a falta de liberdade nesse território que ocupa o continente da ficção terá chegado a um ponto tal que agentes federais permaneçam em vigília, a cada noite, em cada apartamento, de cada cidade, para fiscalizar como representam a si mesmos e para si próprios os seus concidadãos?

S. S., julho de 1979

ESTA OBRA FOI COMPOSTA PELO GRUPO DE CRIAÇÃO EM ELECTRA E
IMPRESSA PELA GEOGRÁFICA EM OFSETE SOBRE PAPEL PÓLEN BOLD
DA SUZANO PAPEL E CELULOSE PARA A EDITORA SCHWARCZ
EM MAIO DE 2009